集英社オレンジ文庫

ゆきうさぎのお品書き

親子のための鯛茶漬け

小湊悠貴

本書は書き下ろしです。

イラスト／イシヤマアズサ

もくじ

序章　にぎわう朝の店開き

八月一日、午前八時三十分。

盛夏を迎え、今日も朝から気温が高い。ミンミンゼミも力いっぱい鳴いている。

その日、雪村大樹《ゆきむらだいき》はいつものように、起き抜けのシャワーを浴びていた。

寝汗を流して頭を覚醒《かくせい》させ、さっぱりした気分で浴室を出たとき、どこからか重厚な着信メロディの音色が聞こえてきた。洋画にはあまり詳しくない大樹でも観たことがある、有名なSF超大作のメインテーマだ。

(この選曲は慎二《しんじ》だな)

たぶん、時間が来たら鳴るように設定しているのだろう。音は次第に大きくなっていったが、止《や》む気配はない。

大樹が店主をつとめる小料理屋「ゆきうさぎ」には現在、三人のアルバイトが働いてくれている。

大学三年生の「タマ」こと玉木碧《たまきあおい》に、大樹よりふたつ年下の「ミケ」こと三ケ田菜穂《みかたなほ》。そして今年の春から大学に進学し、碧と菜穂が入れない日に手伝ってくれる老舗《しにせ》和菓子店の息子、「クロ」こと黒尾《くろお》慎二だ。おかげで常連客からは「猫ばっかりで肝心のうさぎがいない」とからかわれているが、猫好きの大樹は気に入っている。

――これだけの音が鳴っているのに、よく寝ていられるな……。

九つ年下の慎二は、大樹にとっては弟分のような存在だ。いまは実家を出てひとり暮らしをしている。春休みに大型二輪の免許をとり、買ったばかりのバイクで出勤しているのだが、昨夜は仕事を終えたあと、大樹の家に泊まったのだ。

『明日、十時からサークルの集まりがあってさ。いまからアパート帰るのめんどくさいし今夜はここに泊まらせてくれないかなぁ』

閉店まぎわにやってきて、酔っぱらって眠りこけてしまった大樹の幼なじみ、桜屋蓮《さくらやれん》をふたりがかりで母屋《おもや》に運んでいる最中、慎二はそんなことを言ってきた。

『できれば豪華朝食つきで』

『それが目当てか』

『へへ。だって大兄がつくる飯、めっちゃ美味《うま》いからさー』

先代女将《おかみ》だった祖母が亡くなり、大樹がひとりで暮らしているこの家には、蓮と慎二がときどき泊まりにやってくる。居心地がよいらしく、気がついたときには、自分のものではない着替えや生活用品の一部がさりげなく置かれていた。

音楽が最高潮を迎えて、脳内に壮大な銀河が広がる。あの映画を観たのは何年前だったか。ラストを忘れてしまったから、久しぶりにDVDでも借りてこようか――

そう思ったとき、はっと我に返る。

いまは宇宙に飛び出したり、未確認生物と戦ったりしている場合ではない。自分がこれからやらなければならないことは、冒険ではなく店開きの準備なのだから。

気持ちを切り替えた大樹は、板張りの廊下に面した障子《しょうじ》を開ける。

客間として使われている十畳の和室には、二組の布団が並べて敷かれていた。

「…………」

室内に視線を向けた大樹は、やれやれと肩をすくめる。

まぶしい朝日が差しこむ蒸し暑い部屋では、ふたりぶんの敷布団に陣取った慎二が、大の字になって眠っていた。小柄な彼に押し出されたのか、同じくこの部屋に泊まった蓮はあわれにも畳の上に転がされている。

「う……。うーん……。うーん……」

悪い夢でも見ているのか、蓮はタオルケットを抱きしめながらうなされていた。それでも起きないのだから、さすがというかなんというか。

その光景はなんとなく、学生時代の修学旅行や部活の合宿を思い出させる。

小さく笑った大樹は、慎二の枕元に置いてあったスマホに手を伸ばした。音楽を止めてから、まずは蓮を悪夢から助け出すことにする。

「起きろ。朝だぞ」

「うん……?」

「慎二もいいかげんに目を覚ませ。豪華朝食、食べそこねても知らないからな」

「ご、豪華朝食……」

大樹に肩を揺すられて、蓮と慎二はもぞもぞと体を起こした。

「起きたら交代でシャワーを浴びてこい。朝食はいまから四十分後。布団はたたんで部屋の隅《すみ》に置いておくこと。いいな?」

てきぱきと伝えて踵《きびす》を返すと、ほどなくして背後から蓮の恨み言と慎二の言いわけが聞こえてきた。畳に追いやられた身としては、文句のひとつでも言っておかないと気がすまないのだろう。

「それに夜中、脇腹とか蹴《け》られた記憶があるんだけど?　俺に対する挑戦?」

「め、めっそうもない。事故!　不幸な事故っすよ!」

(慎二も『彼女の兄貴』には逆らえないんだよな)

苦笑した大樹は心の中で彼に同情しながら、台所に向かった。

揚げ物をつくるつもりなので、油が撥《は》ねてもいいようにエプロンをつける。丈夫な黒地のそれは、ひと月前に碧からもらったものだった。家で使っているエプロンが古くなってきたと話したら、新しいものを買ってきてくれたのだ。

『うわぁ。やっぱり雪村さん、エプロンがすごく似合いますね』

せがまれて試着すると、碧が嬉《うれ》しそうに両手を叩いた。

『エプロンが似合うって……。よろこんでいいのか？　それ』

『もちろんですよ。お料理ができる男の人ってカッコいいと思います！　雪村さんはプロだから、料理人としての風格があるっていうか』

無邪気な碧の言葉は照れくさかったが、同時に嬉しくもあった。

朝食は、一日を元気に過ごすための活力源。おろそかにするわけにはいかない。

大樹は炊《た》き立てのふっくらとした白米が好きだが、パリに三年ほど住んでいたことのある蓮は、カリッと焼いたフランスパンやクロワッサンにカフェオレが定番だ。慎二は好き嫌いがなく、何を出してもよろこんで平らげてくれる。

(とはいえ蓮は二日酔いだろうし、あまり重たいものはやめておくか。けど慎二はガッツリ食べたいはず)

豪華朝食と言った手前、ありきたりのものではつまらない。

ここは料理人としての腕の見せどころだと、気合いを入れて準備にとりかかる。

手を洗い、ざっと食材を確認した大樹は、まずは桐《きり》製の米櫃《こめびつ》から生米をとり出した。研《と》いでざるに上げ、水気を切る。

冷蔵庫には、閉店後に店から移しておいた鶏《とり》ガラスープのストックが入っていた。質のよい地鶏を使っていて、余裕のあるときに時間をかけてじっくり煮込み、素材の旨《う》味《ま》が溶けこんだ自信作だ。同じ地鶏の手羽元は、流水でしっかり洗っておく。

(昼の日替わりは炒飯《チャーハン》にするか。鶏ガラスープつきで)

ランチの日替わりメニューは季節や気温、食材の仕入れ状況によってその日の朝に決めている。都内で人気のあるラーメン屋や中華料理店を回って研究した成果もあり、大樹のつくる炒飯はお客からなかなかの高評価をもらっていた。

鶏ガラでとった出汁《だし》は、普通にスープにしてもいいけれど、煮物や炒《いた》め物の隠し味に使うこともできる。「ゆきうさぎ」で提供している料理の一部にも入っていて、味に深みを出していた。

下ごしらえを終えると、生米と鶏ガラスープ、そして下味をつけた手羽元を数本、骨つきのまま圧力鍋に投入した。そこに生姜《しょうが》をひとかけ加えてから、加圧して蒸らす。

本格的につくる場合は、圧力鍋は使わない。専門の店では食材も厳選するし、もっと手間暇をかけるが、いまは時間が限られているので簡易レシピを採用している。それでも家庭で食べるぶんには、じゅうぶんおいしく炊き上がるはず。

(さてと、この間に……)

冷蔵庫に残っていた豚ひき肉は、みじん切りにした長ネギと生姜、塩コショウと合わせて具をつくる。ワンタンの皮で包み、油でからりと揚げれば、ぱりっとした歯ざわりが小気味よい揚げワンタンの完成だ。

それから木綿《もめん》豆腐をくずし、三つ葉や搾菜《ザーサイ》、高菜などと一緒に大皿に盛りつけていると身支度を終えた蓮と慎二がダイニングに入ってきた。

「大兄、何か手伝うことあったら――おおっ、美味そうなもの発見！」

大樹は揚げワンタンをつまみ食いしようとした慎二の手を、ぴしゃりとはたく。

「あいて！」

「行儀が悪い。もうできたからそこに座れ」

慎二たちが席に着くと、大樹は圧力鍋の蓋《ふた》を開けた。鶏ガラとご飯の食欲をそそる香りが立ちのぼり、口元がゆるむ。

大樹は手羽元から骨をとり、ほろほろと崩れる身をほぐした。少量のゴマ油を加えてから、白いお碗《わん》によそう。最後に刻んだ小ネギを盛りつけ、食卓に置いていった。

湯気立つそれに目線を落とした蓮が、嬉しそうに口角を上げる。

「中華粥《がゆ》か。一回だけ食べたことあるよ」

「おれははじめてだなぁ」

ものめずらしそうな目で、慎二が中華粥をまじまじと見つめた。

人数分のレンゲを彼らの前に置きながら、大樹は中央の大皿に目を向ける。

「ここにあるのはトッピングだから、各自で好きなだけ入れて。お代わりが欲しかったら鍋の中に残ってる。本当は油条《ヨウティアオ》もつくりたかったんだけど、あれは定休日じゃないと無理だな。手間がかかるし」

「大兄、ヨウなんとかって何?」

「中華粥に添える揚げパンだよ。細長いフランスパンみたいな感じで、粥に浸して食べると美味いんだ。前に何度か横浜《よこはま》の中華街で食べたけど、揚げてるのに食感が軽くてサクッとしててさ。こんなこと話してるとまた行きたくなってくるな」

「へー」

大樹が椅子《いす》に腰かけると、待っていたかのように蓮と慎二が「いただきます」と言ってレンゲを手に取った。大樹も同じ仕草で、レンゲですくった粥を口に入れる。

「うっわ、すっげー美味い!　出汁がきいてる!」

「弱った胃に染み渡る……」

「出汁は何?　鶏ガラ?　おじやとか雑炊《ぞうすい》とかとはぜんぜん違うんだなぁ」

ふたりは幸せそうに表情をゆるめながら、熱々の粥を頰張《ほおば》った。

特製の鶏ガラスープを使って炊き上げた中華粥は、粘り気のある日本のお粥とは違ってさらりとした口当たりが特徴だ。何時間もかけてじっくり仕上げた本格的なものは、米が割れて「花が咲く」と表現されている。

一緒に入れた鶏肉は、圧力がかかってやわらかくなり、鶏ガラの旨味もしっかり染みこんでいた。トッピングを加えればボリュームが出て満足感も得られる。

「松かクコの実があったら、もう少し本場っぽくなったんだけど」

「これでもじゅうぶんだって。代金払ってもいいくらい」

残念がる大樹に、蓮が笑いながら言う。

「だからここに泊まるの、やめられないんだよね。絶対においしい朝食が出るから」

「うちは旅館じゃないぞ」

「そんなこと言って、実はノリノリで準備したくせに」

本心を見透かされて、大樹は照れ隠しにじろりと蓮をにらみつけた。

誰かのために料理をつくるのは、たしかに好きだ。自分がつくった料理を食べてよろこんでもらえると嬉しいし、こちらも満たされた気持ちになる。だからいまの仕事は、自分にとって天職なのだろうと思う。

「ごちそうさまでした！」

食事を終えて後片づけを手伝ったあと、慎二が元気に家を飛び出していった。蓮は仕事が休みだったので、のんびりお茶を飲んでから、庭にやってきた二匹の猫、黒白の武蔵《むさし》とトラ模様の虎次郎《こじろう》にエサをやる。

「蓮はどうするんだよ。実家の手伝いか？」

「いや、これから成田《なりた》に行かないといけないんだ」

「成田空港？」

大樹が首をかしげると、蓮は抱いていた虎次郎の顎《あご》をくすぐりながらうなずいた。

「前に働いてた店の人が日本に遊びに来るっていうから、迎えにね」

「ってことはフランス人か」

「イギリス人だよ。あの店、俺のほかにも外国人がふたりいてさ。そのうちのひとり」

パティシエの蓮は、二年前までパリの洋菓子店で働いていた。有名店なので、各国から修業に来る人がいるらしい。

「蕎麦《そば》好きでほかの和食にも興味があるっていうから、もしかしたら『ゆきうさぎ』に連れていくかも。そのときはよろしく」

ほどなくして蓮が出かけていくと、大樹は母屋とつながっている店に入った。ランチタイムの準備をしている間にも、店には人々がたずねてくる。

「毎度！　大樹、これ注文品な」

　裏口から入ってきたのは、取り引きしている酒屋の跡取り息子だった。今年で二十八歳になる大樹よりふたつ年上で、すでに結婚して子どもまでいる立派な父親だ。

　注文品を確認していると、彼は小さな酒瓶《さかびん》を一本、大樹に手渡した。

「あとこれ、取り扱おうかどうか迷ってる銘柄《めいがら》。サービスするから時間あるときに試飲して、感想聞かせてくれ」

　酒屋が帰ってからも、人の波は引くことがない。

「桜屋の配達でーす！　これいつものプリンね！　そういえばさっき慎二と会ったんだけど、また大兄のところに泊まったんだって？」

「よぉ大ちゃん、差し入れ持ってきたぞ。夜にまた来るからよろしくな」

「忙しいところ悪いね。商店会の会合のことで……」

（なんだか今日は人が多いな）

　まあ、たまにはそんな日もあるだろう。

　入れ替わり立ち替わりやってくる人々に笑顔で応対しながら、仕込みを続ける。行きつけの鮮魚店で手に入れた鮪《まぐろ》と間八《かんぱち》の柵《さく》は注文があったときに切ればいいし、メンチカツは冷凍したストックがある。うどんも注文後に茹《ゆ》でるから、今日はあまり忙しくない。

そんなこんなで十時が近づいてきたとき、出入り口の格子戸《こうし》が開いた。

「おはようございます！　わ、カレーの匂いがする」

顔をのぞかせたのは、ランチタイムのシフトに入っている碧だった。

大学が夏休みの間、碧は夜だけではなく昼間の営業も手伝ってくれている。カレーが大好物の彼女は、嬉しそうな表情でこちらに近づいてきた。

コンロの上でぐつぐつと煮込んでいるのは、鰹《かつお》出汁と醤油《しょうゆ》を加えたカレーの鍋。新鮮なナスやカボチャ、オクラといった旬の野菜が入った和風カレーは、夏季ランチメニューの定番だ。あとは人気のメンチカツ定食と、ヘルシーな刺身定食。そしてさっぱり食べられる冷やしうどん。それらと日替わりメニューが今週のお品書きだ。

「スパイスの香りが食欲をそそる……。久しぶりにわたしも食べたいなー」

「なら、先にとっておくか。営業が終わったら賄《まかな》いにする」

「え、でも売り物だし」

「そんな顔されたら食わせたくなるだろ。今日は特別」

「ありがとうございます。そのぶん頑張って働きますね！」

ぱあっと表情を輝かせた碧は、「じゃ、準備してきます」と言って、スキップでもしそうな足取りで従業員用の小部屋に向かった。実にわかりやすくて微笑《ほほえ》ましい。

笑いながら彼女を見送った大樹は、カレーの鍋から二杯分をお玉ですくって容器に詰めた。碧は小柄な見た目にそぐわず大食いなので、これでも少ないくらいだ。

(足りなかったら、残り物で何かつくろう)

お客でも従業員でも、自分の料理をよろこんで食べてもらえるのは気持ちがいい。碧は特においしそうな顔を見せてくれるので、腕が鳴る。

小部屋から出てきた碧は、髪をきちんとまとめて掃除用のエプロンをつけていた。モップを手にすると、元気よく床を磨きはじめる。

変わったことは何もない、いつも通りの朝の光景。

けれど、その平凡な毎日がどれだけ幸せなことかを、大樹はよく知っている。

「あ、おしぼり冷やしておかないと。今日も暑いですしね」

「冷房の温度、一度だけ上げておくか。冷えすぎると体に悪いから」

細かい調整が終わると、大樹は白い暖簾《のれん》を戸の前に吊《つ》るした。十一時になったとき、待っていましたとばかりに戸が開く。

「いらっしゃいませ!」

大樹と碧は声をそろえて、最初のお客に笑顔を向けた。

第1話　向日葵とアイスクリーム

碧《あおい》が大学に入ってから、三回目の夏休みがやってきた。

二カ月余りの長い休みをどう過ごすかは、学生次第。バイトに明け暮れる人は多いだろうし、バックパックを背負い、海外に飛び出す人もいるかもしれない。サークル活動やボランティアに力を入れる人もいれば、将来に備えて資格をとる人もいるはずだ。

ここぞとばかりに遊び回るのも——まあ、個人の自由だと思う。

『碧は今年も「ゆきうさぎ」のバイト？』

すべての試験が終わった日、友人である真野玲沙《まのれいさ》がたずねてきた。

『うん。慎二《しんじ》くんが入ったから、去年よりもシフトには余裕があるんだけどね。玲沙もバイトでしょ？』

『まあね。今年は家庭教師が中心になるかな。いま受け持ってる子、中三だから』

『受験生かぁ。大変だね』

『歴史が苦手な子でさ。年号とかなかなか覚えられないみたいなんだよね。ただ暗記すりゃいいってもんでもないからなー。苦手意識が強くなっても困るし』

玲沙は赤いフレームの眼鏡を押し上げながら、真剣な表情であれこれと対策を練る。中学校の社会科教諭をめざしているだけあって、バイトとはいえ、生徒のことを思う姿は立派な「先生」そのものだった。

都内のアパートでひとり暮らしをしている彼女は、学費以外で親の世話にはなりたくないと言って、自力で生活費を稼いでいた。

大学があるときは近所のコンビニで働き、長期休暇の際には家庭教師をかけもちしている。学業との両立は大変だろうが、単位は落とすことなくきっちりとっているのだからすごいと思う。

『ことみは短期留学なんだよね』

『あの子らしいね。親の援助を断って、資金を自分で貯《た》めたのは偉いな』

碧が親しくしているもうひとりの友人、沢渡《さわたり》ことみは、夏休みを利用してニューヨークに旅立っていった。一カ月間、一般家庭にホームステイしながら英会話を学ぶようだ。これもまた、英語教諭を志望することみらしい過ごし方だった。

——わたしも玲沙たちみたいに、何かやったほうがいいのかなあ……。

将来に向けて着実に力をつけているふたりを見ていると、やはり焦りが生まれる。けれど「ゆきうさぎ」で働く日々も、自分にとって何にも代えがたい、貴重な経験となるはずだ。

ここでは多くの人と知り合うことができるし、料理の腕も磨ける。それに、店主である大樹《だいき》の人柄に触れていると、自分の心も豊かになっていけるような気がするから。

そう考え直した碧は、今日も元気に「ゆきうさぎ」で働いている。

「こんにちはー。今日も混んでるね」

「いつもありがとうございます。ちょうど一席空いたところだったんですよ」

八月最初のランチタイム。

学生は休みでも、社会人にとってはごく普通の平日だ。十一時に開店するや否や、近くの会社や店舗で働いている人々が、ひっきりなしに暖簾《のれん》をくぐった。

この暑いのにスーツをきっちり着込み、大きなカバンを抱えた営業マンらしき男性に、おそろいの半袖《そで》ブラウスにベスト、タイトスカートを穿《は》いた女性会社員のグループ。そして作業着姿の肉体労働者など、職種や年齢層も幅広い。

「ゆきうさぎ」はそれほど広い店ではない。カウンターとテーブル、そして座敷を合わせた席数は二十六。勤め人は食事を終えたらすぐに帰っていくので、回転もはやくなる。そのため十二時からの一時間は、息つく間もないような忙しさだった。

「タマちゃーん！　おれ、いつものメンチとご飯大盛りで。あと単品で肉じゃがも」

「かしこまりました！　少々お待ちください」

「お姉さん、水のお代わりちょうだい。それから注文品、まだ来てないんだけど」

「申しわけありません！　ただいまお持ちいたします」

「ごちそうさまでした。お会計お願いしまーす」

「はいっ、ありがとうございます！」

常連の中には社員食堂があるにもかかわらず、「ゆきうさぎ」の味を求めて来店する人もいる。猛暑の中、わざわざここまで足を運んでくれたのだから、最大限のおもてなしをしなければ。碧と大樹はいつものように協力して、忙しい時間帯を乗り切った。

「ふう……。波は引いたかな？」

十三時を過ぎると、にぎわっていた店内はとたんに静かになった。開店時からくるくると動き回っていた碧は、ほっとひと息つく。

「お疲れ。昨日より混んでたな」

よろよろとカウンターに近づくと、内側にいた大樹が声をかけてきた。疲労困憊《こんぱい》の碧とは違って、普段通りの涼しい顔だ。

「雪村さんもお疲れさまです。お腹《なか》すきましたね……」

「あと一時間だ。頑張れ」

休む間もなく注文が入り、料理をつくり続けていたというのに、彼の表情にはまったく疲労が感じられない。この店で働きはじめてもうすぐ十年ということもあり、慣れているのだろう。その体力には毎回のことながら驚かされる。

「何か売り切れたものありますか？」

「メンチカツがもうないな。あとはうどんが残り一玉で、カレーは二食くらいか。刺身と炒飯《チャーハン》はまだいける」

「うどんとカレーは完売しそうですね。今日の売り上げ期待できそう」

碧がメモを取っていたとき、格子戸《こうし》がガラガラと音を立てて開く。

「いらっしゃいませ！」

ふり向いた碧は、あっと声をあげた。

入ってきたのは「ゆきうさぎ」の向かいで営業している桜屋《さくらや》洋菓子店の主人、陽太《ようた》だった。蓮《れん》の父親でもある彼の後ろには、奥さんの実千花《みちか》も立っている。

昼の休憩なのだろう。陽太は腕まくりをした白いコックコートを着たままだ。

一方の実千花は、清潔そうな白いシャツに細身の黒いパンツを穿きこなしている。短めの髪は落ち着いた焦げ茶色に染めて、うっすらとお化粧をしていた。

二十六歳になる蓮の母親だから、年齢はそれなりのはず。しかしそうは見えないほどスタイルがよく、目鼻立ちも整っていてきれいな人だ。

（蓮さんと星花《せいか》ちゃんはお母さん似だよね）

桜屋兄妹《きょうだい》の顔を思い浮かべながら、碧は口を開いた。

「お疲れさまです。おふたりで来られるなんてめずらしいですね」

「カミさんが昼飯つくるの面倒だって言うからさ。カップラーメンって気分でもなかったし。朝からめいっぱい働いたんだから、美味《うま》いもの食わせてくれてもいいのにな」

「人を鬼嫁みたいに言わないでちょうだい。私だって仕事してたんですからね」

すかさず実千花に小突かれて、陽太は「はいはい」と苦笑する。

そこには長年連れ添った者同士が醸《かも》し出す、やわらかい雰囲気があった。気安く軽口を叩けるのも、それだけ親しいからだ。

碧は冷たいお茶とおしぼりを、ふたりの前に置いた。

「お店のほうは大丈夫なんですか？」

「星花とパートさんで回してるよ。一時間くらいなら問題ないだろ。何かあったら携帯に連絡するように言っておいたし」

桜屋洋菓子店は経営が安定するようになってから、店番として主婦のパートを雇いはじめた。実千花は事務を担当していて、星花はまだ専門学校に通う学生だ。彼女たちの負担を軽くするため、陽太が決めたことだという。

カウンター席に並んで腰かけたふたりは、碧が差し出したお品書きをのぞきこむ。

「すみません、メンチカツは完売で」

「ああ、この時間じゃしかたないよな」

ランチメニューは週替わりなので、日曜日の閉店後に大樹が更新していた。値段は五百円から七百円の間におさめ、それでも利益が出るよう調整している。

圧倒的な人気を誇っているのは、先代女将《おかみ》のレシピを忠実に再現した、揚げたてサクサクのメンチカツ。下味をしっかりつけた豚の生姜《しょうが》焼き定食や、ジューシーな肉汁を閉じこめた鶏《とり》のから揚げ定食にも根強いファンがいる。働いている男性には、体力を維持できるガッツリとしたものが好まれていた。

女性はやはり美容の意識からか、魚や野菜、豆腐などを使った料理を頼む人が多い。それでも甘いものは別のようで、大樹は女性客のために、手軽に食べられるミニサイズのデザートを提供している。いまは季節柄、ゼリーやシャーベット、去年からはじめたかき氷に桜屋洋菓子店提供のプリンなど、冷やして食べる甘味が人気だ。

「お決まりですか?」

「そうだなあ。じゃ、最近食ってないものを……。タマちゃん、俺は刺身定食ね」

「私は冷やしうどんがいいわー」

わかりましたと答えた碧は、伝票を片手に厨房《ちゅうぼう》に入った。お客が引けたいまなら、調理の手伝いができる。

「それじゃ、タマは冷やしうどんのほうを頼む」

「了解です！」

流しで手を洗った碧は、冷蔵庫から取り出した細麺《めん》のうどんを茹《ゆ》でた。

しなやかで喉越《のどご》しがよい麺は、熱いつゆに合わせてもいいし、冷たくしてもおいしく食べられる。麺つゆはもちろん大樹の手づくりだ。

茹で上がったうどんはすぐにお湯を切り、流水でもみ洗いをしてぬめりを落とす。自家製の梅干しと大葉、そしてミョウガを刻んで盛りつけてから、とろりとした温泉卵を割り入れた。仕上げに鰹節《かつおぶし》の風味が豊かな麺つゆをかければできあがりだ。

（うん、おいしそう。いまの季節にはぴったり）

碧が準備をしている間に、大樹は冷蔵庫の扉を開けた。

取り出したのは、色味がよく筋もなさそうな鮪《まぐろ》の赤身と、夏が旬である間八《かんぱち》の柵《さく》。愛用の刺身包丁で平造りにして、見目よくお皿に盛りつけていく。

ご飯は少量の日本酒を入れて炊《た》いたので、お米がつやつやと輝いている。このひと手間を加えることで甘みが増して、味もよくなるのだ。小さじ一杯程度のオリーブオイルや蜂蜜《はちみつ》を入れても同じ効果が得られるため、碧も自宅で実践している。

「お待たせしました」

刺身定食はお碗《わん》によそったご飯と味噌《みそ》汁、小鉢に入ったおからの五目煮と漬け物がセットになっている。冷やしうどんと一緒に運ぶと、桜屋夫妻はいそいそと箸《はし》をとった。

「暑いときってやっぱり冷たいものが食べたくなるのよねー」

温泉卵の黄身を崩して麺にからめた実千花が、いただきますと言ってうどんをすする。麺の硬さはちょうどいいだろうか。薬味の量は適切か。何度もつくっているとはいえ、やはりお客さんの反応は気になる。そんな碧の前で、実千花はほうっと息を吐いた。

「んー、おいしい！　ツルツルいけちゃう。外食最高」

「おまえ、休みの日にはしょっちゅう美味いもの食いに行ってるだろ。俺を置いて」

「別にいいじゃない。月に一日か二日くらいなんだし」

実千花は涼しい顔で返している。

「女同士の息抜きなんだから、旦那《だんな》はお呼びでないのよ。だいたいあなた、ホテルのビュッフェとかカフェのランチとか、興味ないでしょ」

「そりゃそうだけどよ……いやいや、デザートも出るよな？　新製品の参考になるかもしれないじゃないか。だからたまには誘ってくれても……」

陽太はどこか拗《す》ねたような表情で、もごもごとつぶやいた。

（桜屋のおじさん、もしかしておばさんと一緒に出かけたいのかも）

自分の父親ほどの年齢の人なのに、そう思うとなんだか微笑《ほほえ》ましく見えてしまう。碧は桜屋夫妻に気づかれないよう小さく笑った。

(うちのお父さんたちも、ふたりで出かけたことってあんまりなかったな)

碧が子どものころは、休みの日はよく親子三人で外出していた。

けれど父は休日出勤がめずらしくない職場で、二年半近く前に亡くなった母は中学校教諭だったから、やはり仕事が忙しかった。いまから思えば、貴重な休日は家でゆっくりしたかったのではないだろうか。

それでも無理をしたのは、幼い娘に楽しい思い出を残してあげたかったから。

大人になったいま、両親がいかに自分のために心を砕いてくれたのかがよくわかる。

定年を迎えれば、老後は夫婦で過ごす時間も多くなるだろうと考えていたけれど。母は思いのほか、はやく逝《い》ってしまった。いつ何が起こるかわからないから、近いうちに陽太の願いがかなえばいいなと思う。

しんみりしていると、まな板を洗い終えた大樹が「そういえば」と口を開く。

「蓮がゆうべ、店に来たんですよ。そのまま慎二と一緒にうちに泊まって」

「あらほんと?　あの子たち、いつの間に仲良くなったのかしら」

箸を止めた実千花は、不思議そうに首をかしげる。

「うーん……。慎二の寝相が悪かったみたいで、ネチネチいじめてましたけど」

「大人げないわね。慎ちゃんに星花をとられたこと、まだ根に持ってるの？」

「実はシスコンだったんですかね？　いつも邪険にされてるのに」

「兄心は複雑なのよ。きっと」

慎二は昔、この商店街に店を構えていた和菓子店の息子なので、桜屋家とも幼いころから交流していた。新しくできた駅ビルに移ったことで険悪になった時期もあったが、いまは和解して家族ぐるみのつき合いが復活している。

ふいに、それまで黙っていた陽太がぼそりと言った。

「……星花はうちの跡取り娘だ。黒尾《くろお》のところに嫁にはやらん」

不機嫌そうな一言に、碧と大樹は思わず顔を見合わせた。実千花が笑いながら夫の腕をぱしっと叩く。

「やだわー。お父さんってば、いまからそんなこと考えてるの？」

「ほっとけ！」

「拗ねないでよ。心配しなくても、まだまだ先のことだと思うけどねえ」

陽太はふんと鼻を鳴らした。照れ隠しなのか、勢いをつけてご飯を掻《か》きこむ。ストレートではないけれど、その姿には娘を思う父の気持ちがあふれ出ていた。

「でも、星花ちゃんがいれば安心ですよね。お店を継ぐってはっきり言ってたし」

実千花は「そうねえ」と、どこか遠い目をする。

「蓮が出て行ったから、どうなるのか心配になったみたいね。それまで特になんとも言ってなかったのに、製菓学校の進学まで自分で決めて。親としてはありがたいけど、店の存在があの子を縛りつけてないのか気になってね」

「え？」

「ほんとは別にやりたいことがあったのに、無理して選んだんじゃないかって」

(そんなことはないと思うけど……)

しかし赤の他人である自分が、えらそうに人の気持ちの代弁などしていいものか。戸惑っていると、大樹が穏やかな口調で言った。

「星花は好きでやってるんですよ。いつかおじさんと蓮に追いついてやるんだってはりきってましたから。無理はしてないし、本気で桜屋のことを考えてます」

彼の言葉にはいつも、不思議な説得力がある。実千花は「だったら嬉《うれ》しいわね」と微笑んだ。ちらりと目線を上げた陽太も、同じ表情をしているように見える。

「蓮もいずれはこっちに戻ってくるって言ってるし、それまでは頑張ってお店を守っておかないと。ね、お父さん」

「俺はそう簡単に隠居はしないぞ。動ける限りは店に出るからな」

「あら。二年前はちょっと怪我しただけで落ちこんでたじゃないの」

「昔のことだろ。ほじくり返すなよ……」

陽太はバツが悪そうに咳《せき》払いをして、刺身に箸を伸ばした。あれからもう二年がたったのかと思うと、なんだか不思議な気分だ。時の流れを実感する。

(蓮さんといえば、あの話はどうなったのかな)

たしかあれは、先月のことだったか。

蓮は知り合いがオープンさせるという、外国の洋菓子店で働かないかと誘われていると教えてくれた。返事は保留しているらしく、それからどうなったのかは聞いていない。大樹も何も言ってこないから、進展はしていないように見えるけれど。

すぐに返事をしなかったということは、本人も迷っているのだろう。話を受ければ、いま勤務している店を辞めて、日本を出ることになる。それでも蓮にとっては、パティシエとしての経験を積むためのいい機会になるはずだ。

「――それにしても蓮のやつ、近くに来たならうちにも顔見せりゃよかったのに」

定食を食べ終えると、茶碗《ちゃわん》を置いた陽太が肩をすくめた。

「大ちゃん、あいつもう帰ったのか?」

蓮は南青山《みなみあおやま》のパティスリーに勤務していて、最寄りの表参道《おもてさんどう》駅から電車で十分ほどの距離にある下北沢《しもきたざわ》にマンションを借りている。桜屋洋菓子店までは四、五十分かかるが、彼は「ゆきうさぎ」の常連でもあるので、こちらにはわりと頻繁《ひんぱん》にやってくる。

何度か遊びに行ったことのある大樹が言うには「1Kでそんなに広くないけど、外観と内装は洒落《しゃれ》てた」そうだ。住宅手当てをもらっているので余裕があり、それなりにいいところに住めているらしい。

「いえ。成田《なりた》空港に行きましたよ」

「空港？　なんでまた」

「パリで働いてた店の同僚が来るとかで、迎えに行ったみたいです」

陽太だけではなく、実千花も驚いた顔をする。どちらもその話は知らなかったようだ。

「フランスの人かしら？」

「イギリス人だって言ってましたね」

「英国紳士？　あら素敵。私は紅茶より日本茶のほうが好きだけど」

実千花はいたずらっぽく笑いながら、大樹が淹《い》れたお茶をすする。

「でも、知り合いが来るならうちに呼べばいいのに。その人もパティシエなんでしょ。お父さんにとってはいい刺激に――無理か。英語できないものね。洋菓子職人なのに」

「馬鹿にするな。ハローとグッバイ、ウェルカムなら言える」

反論もむなしく、実千花は「それ小学生レベルよ」とバッサリだ。

「私たちにあれこれ言われるのが嫌で黙ってたのかもね。あの子、昔からあんまり友だちとか家に呼ばなかったたし。友だちがいないってわけでもなかったのに、自分からはその子たちについては話そうとしなくて」

「わりと秘密主義なんですよね。実はただ恥ずかしがってるだけなんですけど」

そんな話をしていると、戸が開いて新しいお客がやってきた。そろそろ戻るかと言った陽太が腰を上げる。

「あ、お父さん。仕事の前にシャワー浴びて着替えておいてよ？　汗かいたまま店に出るわけにはいかないでしょ」

「わかってるって」

「新しい服はアイロンかけて脱衣所に置いてあるから」

何気ない話をしながら、桜屋夫妻は会計をすませ、満足した様子で帰っていった。お客さんがよろこんでくれると、こちらも嬉しくなってくる。

ふたりを見送った碧は、ほのぼのとした気分で大樹のもとに戻った。

「おじさんたち、あいかわらず仲良しでいいなあ」

「あの家はおばさんが強いから。だからおじさんは頭が上がらないけど、それがうまくいく秘訣《ひけつ》なのかもな」

「夫婦にもいろんな形があるんですね」

微笑んだとき、テーブル席に座ったお客に呼ばれる。元気よく「はーい！」と答えた碧は、伝票を手に厨房を出た。

三日後、碧は菜穂《なほ》と一緒に最寄り駅のショッピングビルで買いものをしていた。

夏のバーゲンは第二弾に入り、ビル内はまだまだ活気がある。

「ミケさん、いいものが残っててよかったですね」

碧の隣を歩く菜穂は、さんざん悩んで買った服が入った袋を、嬉しそうに胸に抱く。

「ええ。新しい服は貴重ですから」

バイトの同僚である彼女は、非正規で働いている上にひとり暮らしをしている。

収入のほとんどは家賃と生活費に消えていくので、実家住まいの碧のように、バイト代を自分のお小遣いとして使うことはできないのだ。服は古着屋で買ったものが多いが、センスがいいので着こなし方がうまい。ぜひとも見習いたいところだ。

「夏はどうしても洗濯が多くなりますから、安物はすぐに傷《いた》んじゃうんですよね……」

菜穂はふんわりとしたチュールスカートの裾《すそ》をつまむ。パンツスタイルが多い碧とは違って、彼女は可愛《かわい》らしいロングスカートを好んで穿いている。

「冬物だったら、大事にすれば五年以上でもじゅうぶん保つのに」

「物持ちがいいんですね。うらやましいなー。わたしなんかこのまえ、タンスにしまってたニットに虫食い見つけちゃって……」

駅ビルを出た碧たちは、菜穂が住んでいるアパートに向かって歩き出した。お昼は菜穂がつくってくれるというので、甘えることにしたのだ。

真夏の正午。強烈な太陽の光がアスファルトをじりじりと焼き、サンダル履《ば》きの足下を熱気で包む。菜穂のアパートは、「ゆきうさぎ」がある商店街とは駅の反対側にあった。駅から少し離れると、閑静な住宅街が広がっている。

東京といっても、ここは都心から離れた郊外だ。

駅の周辺は開発されてにぎやかになったが、このあたりには住宅地の中にぽつぽつと小さな畑が点在している。いずれも家が二軒か三軒建てられそうなほどの広さで、葉物野菜や観賞用の花などが栽培されていた。

うだるような暑さのせいか、通りにはほとんど人がいない。

「昨日、実家からお中元のお裾分けが届いたんですよ。そうめんがどっさり」

「夏ですねー。うち、最近はお中元なんて来たことないなあ」

「しきたりにうるさい親戚がいましてね……。今日はそれでチャンプルーでもつくりましょう。前に大樹さんからおいしくつくるコツを教わって――」

角を曲がったとき、碧の視界にあざやかな黄色が飛びこんできた。

青空の下、畑に植えられているたくさんの向日葵《ひまわり》が、太陽のほうを向いて生き生きと咲き誇っている。近所では有名な向日葵畑なので、写真を撮りに来る人も多い。けれどいまは気温が高いせいか、近くにいるのは男性がひとりだけだった。

体つきはひょろりとしていて、着ているものはなんの変哲もないTシャツと、穿き古したジーンズ。カラフルで派手なスニーカーを履き、黒いボディバッグを背負った彼は、地図らしき紙を広げて悩ましげな表情をしていた。

――どこからどう見ても、道に迷っている……。

困っているなら助けるべきだが、ためらってしまったのは、彼が日本人ではなく欧米の人に見えたからだ。かぶっているキャップの下にある巻き毛は、金に近い明るい茶色。年齢はよくわからない。二十代か三十代くらいだろうか。

(ど、どうしよう。声をかける？　でも日本語通じるかな)

菜穂と一緒になって固まっていると、気配に気づいたのか、男性が顔を上げた。

目が合うや否や、彼は救いの手があらわれたとばかりに表情を輝かせた。地図を握りしめ、碧たちに向かって突進してくる。

「スミマセーン！　チョット教えてください！」

「お、ＯＫ！」

勢いでうなずいてから、あれと思う。ややおぼつかないものの、日本語を話している。うろたえる碧と菜穂にかまうことなく、彼は地図を広げた。

「ワタシ、トエニシ商店街に行きたい。わかりますか？」

兎縁《とえにし》商店街は駅を挟んだ向こう側なので、まったく逆方向だ。たぶん、東口と西口を間違えてしまったのだろう。碧は「ええと」と口を開く。

「商店街はこっちじゃないですよ。駅の反対側です」

聞き取りやすいようにゆっくりと答えると、言いたいことは伝わったらしい。

彼は「なんてことだ」とばかりに目を見開き、がっくりと肩を落とした。その落ちこみぶりがなんだか叱られた仔犬のようで、かわいそうになってくる。

「あの……。商店街のどこに行きたいんですか？」

思わず問いかけると、彼はわずかに目線を上げた。ぽつりと答える。

「Patisserie Sakuraya……」

「桜屋洋菓子店？」

碧は隣に立っていた菜穂と視線を交わし合った。その反応で、碧たちが場所を知っていると悟ったのだろう。彼の瞳がきらりと光る。

「ワタシ、そこに行きたい。フレンドがいるから」

ヘーゼル色の目が助けを求めるかのように、こちらをじっと見つめた。


桜屋洋菓子店のガラス扉を開けると、店内は冷房でほどよく冷えていた。

ちょうどお昼時だからなのか、お客の姿はない。ショーケースの奥にはコックコートではなく、私服の上からエプロンをつけた蓮が立っていた。実家に戻ったときはたまに仕事を手伝うことがあるので、今日もそうなのだろう。

「いらっしゃ……って、ウィル!?」

碧と菜穂が連れてきた男性――ウィリアムを見るなり、蓮はぎょっとしたようにのけぞった。常にテンションが低めの彼が、ここまで驚きを見せるのはめずらしい。

「なんでここに？　タマちゃんとミケさんまで」

一方のウィリアムは、にこにこ笑いながらショーケースに歩み寄っていった。早口の英語で何事か話しかけている。

「タマさん、何言ってるかわかります？」

「うーん……。さっぱり」

彼らの会話は流暢《りゅうちょう》すぎて、碧にはまったく聞き取れない。

やがて、蓮がこちらに視線を向けた。

「タマちゃんたち、ウィルに道案内させられたんだって？　つき合わせてごめん」

「あ、いえ。気にしないでください。蓮さんの先輩なんですよね？」

「まあね」

案内している途中で、彼の素性は聞いていた。

ウィリアム・トンプソン。三十一歳。イングランドの出身で、蓮とはパリの洋菓子店で一緒に働いていたそうだ。蓮は店の近所にあるアパルトマンの一室を借りていて、ウィリアムも同じ建物に住んでいた。最初はフランス語がろくに話せず、戸惑っていた蓮を気にかけてあれこれ世話を焼いているうちに、親しくなっていったとか。

「二時に新宿《しんじゅく》で待ち合わせしてたんだけど、まさかここまで来るとは」

蓮はあきれ顔で言う。乗降客数が世界一を誇る上に、おそろしく複雑なつくりの新宿駅は、都民の碧ですら迷ってしまうくらいだ。

「東京、はじめてなのによくたどり着けたよな……」

碧たちの視線の先で、ウィリアムは興味津々《しんしん》といった表情で店内を観察している。ショーケースの中に並べられたケーキを見つめる目つきは、鋭いプロのもの。ひととおり確認してから、今度は壁際に設置された冷凍ショーケースに近づいていく。

(ウィリアムさんもパティシエだから、桜屋が見たかったのかな)

仕事が休みの蓮は、本当は朝からウィリアムの東京観光に同行する予定だった。しかし急遽《きゅうきょ》、陽太から連絡が来たのだという。実千花が風邪を引いて店に出られないので、午前中だけ手伝ってくれないかと。

「星花はかけもちのバイトがあって、パートさんも午後からしか来れないみたいでさ」

「そっか。星花ちゃん、別の店でも修業してるんですよね」

うなずいたとき、「レン！」と声があがった。冷凍ショーケースの前に立ったウィリアムがこちらをふり向き、何か言っている。なめらかな発音で返した蓮は、きょとんとしている碧と菜穂に教えてくれた。

「あのケース、おとといから壊れてるんだ」

「え、大変じゃないですか！」

夏はケーキが売れにくい。その間に主力商品となるのはアイスクリームやプリンで、桜屋洋菓子店では夏季限定で手づくりのカップアイスを販売している。小さめのカップで値段はお手ごろ。気軽に食べられるため、女性客からも好評だ。

濃厚なバニラと甘酸っぱいストロベリー、そしてコクのあるチョコレート。定番だがそれだけ人気も高いので、碧もときどき買いに来ていた。ひんやりとしたアイスを口に入れた瞬間、舌の上で甘くとろけていくあの感覚は、なんとも言えない快感だ。

「温度調節機能がいかれちゃってさ。だから買い替えたものが届くまで、アイスは厨房の冷凍庫から出して売ってってね。けっこう不便」

よく見れば、冷凍ショーケースには一枚の紙が貼られていた。文字までは読み取れなかったが、販売はしている旨《むね》が書かれているのだろう。

「新しいのはいつ届くんですか?」

「明日の午後って言ってたかな。思わぬ出費だよ」

蓮が肩をすくめたとき、ショーケースの内側にある従業員用のドアが開いた。陽太が店内に入ってくる。

「休憩終わったぞー。——お。タマちゃんにミケちゃん、いらっしゃい」

「こんにちは。今日も暑いですね」

「ふたりで買いものか？　これ、先週から売り出しはじめた新作。杏《あんず》のシロップ漬けとクリームチーズムースのケーキね。ムースには生クリームをたっぷり入れてあるから、ふわっとした口どけで美味いよ。後味はさっぱりで食後にぴったり」

「そ、そんなこと言われると買いたくなってきちゃいますよ」

「買わせようとしてるからな。あとは季節のフルーツタルト。果物は新鮮だし、タルト生地は香ばしくてサクサクだぞー」

にこやかに新製品を売りこんでいた陽太は、ウィリアムの姿に気づくと「外人さんか」とうろたえた。それでも接客業のプロとして笑顔を向ける。

「タマちゃんたちの知り合いか？」

「あ、いえ。あの人は蓮さんの……」

「タマちゃん！」

鋭い呼びかけに話をさえぎられ、驚いた碧はびくりと体を震わせる。

一同があぜんとする中、声をあげた蓮は、それ以上は何も言わずに従業員用のドアを開けた。奥に消えていったかと思うとすぐに戻ってきたが、エプロンははずして茶色のレザーバッグを肩掛けにしている。

「父さんも戻ってきたことだし、もう上がってもいいよね？」

「お、おう。休みなのに悪かったな」

「それじゃ」

蓮が声をかけると、ウィリアムは戸惑いつつもうなずいた。ちらりと陽太を見たものの言葉を発することはなく、すたすたと外に出て行った蓮のあとを追う。

「なんだったんだ？　ありゃ……」

ふたりの姿が見えなくなると、あっけにとられていた陽太が首をかしげる。碧と菜穂もわけがわからず、ただ困惑するばかりだった。


「――ってことがあったんですよ」

夕方になって「ゆきうさぎ」に出勤した碧は、仕込みが終わって小休憩をとっていた大樹に、昼間の顛末《てんまつ》を伝えた。

従業員の休憩用として使っている、四畳半の和室。小さな座卓を挟み、碧は大樹と向かい合っていた。畳の上にあぐらをかき、話を聞いていた大樹は、飲んでいたほうじ茶の湯《ゆ》呑《の》みを静かに置いて口を開く。

「そのウィリアムって人、もしかして蓮を新しい店に誘ってる人じゃないか？」

「あ、やっぱり雪村《ゆきむら》さんもそう思いますか」

本人が言っていたわけではなかったが、碧もそんな気がしていたのだ。先月に蓮から聞いた話では、たしか独立してロンドンで店を開くはず。ウィリアムはイギリス人だというから、母国に戻るのだろう。

「蓮さん、まだ返事はしてないんですか?」

「ああ。少なくとも俺は何も聞いてない。けど、条件はかなりいいみたいだぞ」

「条件……お給料とか?」

「引き抜きになるからな。給料もいまより上がるだろうし、ほかの待遇も破格になると思う。蓮は英語も話せるから、すぐに向こうに行っても困らない」

(そうか……。蓮さんってパティシエとしてはすごく優秀なんだ)

聞くところによると、いまの店に就職するときも、先方から熱心に誘われたらしい。

「日本に来たのは、実は蓮さんを説得するためだったりして」

「可能性はある。電話やメールより、直接会って話したほうがいいだろうし」

年齢は若くても、パリの有名店で修業したという経歴は強力な武器だ。帰国後は堅調に売り上げを伸ばしている洋菓子店で働き、さらに腕を磨いている。ウィリアムはそんな彼の実力と将来性を評価して、自分の店に引き抜こうとしているのかもしれない。

「でも、蓮さんは迷ってるんですよね」

「だろうな。いまの店にも恩があるはずだし……。お客にも名前が知られてるんだろ」

「イケメンでスタイルもいいですからねー。蓮さん目当てで買いに来るお客さんもいるみたいですよ」

「へえ、すごいな」

大樹は感心しているが、果たしてわかっているのだろうか。「ゆきうさぎ」の店主も、女性客から同じような人気があることに。知った上で流しているなら大人だなと思うけれど、その手の気づきには疎《うと》いのではないかという気もする。

「あの店、華があって洒落てるけど、雰囲気は落ち着いてるだろ。女性向けとはいえ、蓮の波長と合ってる」

「ああ、わかります。ゴージャスな空間にさらっとなじんでる感じ。蓮さん自身もお洒落ですもんね」

大樹は苦笑しながら「俺とは違ってな」と言う。

服装にお金はかけず、丈夫で清潔であればいいというスタンスの彼に対して、蓮の私服にはさりげなく流行が取り入れられている。仕事以外では常に眠そうでぼんやりしているように見えても、ファッションには敏感なのだ。

（でも、シンプルな雪村さんも同じくらいカッコいいですよ）

碧は心の中で、そう付け加える。蓮のような服装をした大樹は想像がつかないし、むしろ違和感があるので、やはり彼はこのままがいちばんいいと思う。

じっと見つめていると、大樹はなぜか複雑な表情になった。おもむろに自分が着ていた黒いTシャツに目を落とす。

「……やっぱりダサいのか？　俺」

「え？　いやいや、それは誤解です！」

まさかそんなふうに思われていたなんて。あわてた碧は前に身を乗り出した。

「雪村さんはダサくなんかありません。流行にまどわされず我が道を行く！　素敵じゃないですか。だからこれからも硬派のままでいてください！」

勢いで口走ってから、はっとする。

（いま、なんかすごいことを言ったような……）

おそるおそる大樹を見ると、ぽかんとしていた彼は、碧よりも少しだけ遅れて我に返った。目線をそらし、そっけなく「そうか」と言う。しかしその顔がわずかに照れているように見えたのは――自分の気のせいだろうか？

「……………」

なんだろう、この沈黙は。苦ではないけれど、なんだかとても恥ずかしい。

（こ、こういうときは何を言えばいいんだろ）

碧は落ち着きなく視線を泳がせる。やがて耐えられなくなると、わざとらしく咳払いをして強引に話題を戻すことにした。

「えーと！　さ、桜屋のおじさんは知ってるのかな。引き抜きのこと」

「いや……。たぶん聞いてないと思うけど」

面食らってはいたものの、大樹はすぐに返事をくれた。

「あいつ、大事なことは自分の中で答えが出るまで話さないんだよ。だからいまは考えてる段階だと思う。まだ迷ってるからこそ、桜屋のおじさんとウィリアムさんを引き合わせたくなかったんじゃないか？」

「なるほど……」

たしかにそうなのかもしれない。すぐに出て行ってしまったのも、あそこにいれば碧たちやウィリアムが事情を話してしまうと危惧《きぐ》したからなのだろう。余計なことは言うなという圧力を感じたので、陽太に訊《き》かれても曖昧《あいまい》に言葉を濁《にご》した。

「引き抜きの話を受けたら、蓮さんはイギリスに行っちゃうんですよね……」

想像すると、親しくなっていたぶん、やはりさびしさを覚える。

「まあ、悪い話じゃないよな。むしろいい経験になると思うけど、決めるのは蓮だから。向こうに渡ったとしても永遠に会えないわけじゃないし、思いきって行ってみてもいいんじゃないか？　もちろん日本に残っても、それが蓮の出した答えなら応援する」

「そうですね」

人生の岐路に立ったとき、他人の意見に流されてはいけない。アドバイスを参考にするのはいいけれど、最終的に決断を下すのは、悩んで考えた末に答えを出した自分自身であるべきなのだから。

――蓮さんはどちらの道を選ぶのだろう。

開店時間が近くなる。碧と大樹は話を切り上げ、店に戻った。

二十一時半を過ぎたころ、蓮はようやく下北沢のマンションにたどり着いた。

（ああ疲れた。足、筋肉痛になりそう……）

エレベーターで自宅のある最上階まで上がって、鍵を開ける。靴を脱ぎ捨てふらふらと中に入り、いつものように電気のスイッチを探った。室内がぱっと明るくなると、ショルダーバッグを床に下ろし、ベッドの上に倒れこむ。

蓮が二年前から住んでいるのは、駅から徒歩五分ほどの距離にある、四階建てのマンションだ。フローリングの部屋と小さなキッチンを備えた家の中はむわっとした熱気がこもっていたが、冷房のリモコンはガラステーブルの上だ。手を伸ばしても届かない。

（俺、転職したとしても観光ガイドは無理そう）

あおむけになった蓮は、大きく息をついた。ゆっくりと目を閉じる。

昼過ぎに桜屋洋菓子店を出た蓮は、ウィリアムを連れて浅草《あさくさ》に向かった。

雷門《かみなりもん》に浅草寺《せんそうじ》といったメジャーな観光地を回り、仲見世《なかみせ》の飲食店に立ち寄っては、あつあつの肉まんや人形焼、名物の雷おこしなどを買って頰張《ほおば》る。浅草は十数年ぶりだったので、気がついたときには自分も土産《みやげ》を買いこんでいた。

これで満足しただろうと思いきや、ウィリアムはまだまだ元気で、「次はあそこに行こう！」とスカイツリーを指差した。徒歩でも可能な距離だったが、体力的に限界だったので電車を使った。ひと駅で三分。東京タワーに行くよりはずっと近い。

しかしいまは夏休み。団体客や学生の集団で、中はうんざりするほど混雑していた。

人ごみが苦手な蓮にとっては、苦行以外のなにものでもない。地上三五〇メートルの天望デッキ、そしてそこから百メートル上の天望回廊まで上がってはみたものの、どちらも人だらけでゆっくり景色をながめる余裕はとてもなかった。

（まあ、それでもよろこんでたからいいか）

滞在しているホテルに送り届けるまで、ウィリアムはとても嬉しそうだった。はじめての東京だというから、どこに行っても楽しいのだろう。

けれど自分は、彼がただの観光目的でやってきたのではないことを知っていた。

『レン、このまえの話の続きをしよう。いい方向に考えてくれたかい？』

大樹おすすめの蕎麦《そば》屋で夕食をとっていたとき、蕎麦猪口《ちょこ》をテーブルに置いたウィリアムは、そう言って話を切り出してきた。

ざるそばをすすっていた蓮も箸を置き、正面に座る彼と目を合わせた。

ウィリアムはいま、母国に自分の店を開くため奔走《ほんそう》している。そんな忙しい中で来日する理由など、ひとつしかない。東京に行くというメールが来たときは驚いたが、同時にそろそろ決めなければいけない時期なのだとも悟った。

それまでの浮かれた表情は鳴りをひそめ、表情はどこまでも真剣だ。普段は陽気でフレンドリーだが、仕事に関することになると真面目になり、妥協を許さない。

『僕はもう一度、きみと仕事がしたい。レンはセンスがいいし、手先も器用だ。それに僕にはなかなか考えつかないような、繊細なケーキをデザインする。技術はこれからもっと伸びていくだろうし、将来がとても楽しみなんだよ』

『ありがとう、ウィル。でもそこまで褒められるほどじゃ』

『謙遜《けんそん》はいらないよ。少なくとも僕はそう思ってるんだから』

ウィリアムはにっこり笑った。

謙遜するなと言われても、同じパティシエにここまで手放しで褒められることなどめったにないので、誇らしくも照れくさい。そわそわしていると、彼はすぐに表情を引き締めた。こちらの真意を探るような目を向けてくる。

『昼間に行った、桜屋洋菓子店。あそこにいた人はレンのお父さんだろ？　きみは実家を継ぐ気なのか？』

『あの店の跡取りは妹だよ。俺はいずれ戻るつもりだった……けど』

『けど？』

言いよどむ蓮を見たウィリアムは、気を利かせてその点には触れずにいてくれた。

『とにかく、きみがロンドンに来てくれるなら待遇は惜しまない。給与もいま働いている店より上げることを確約する。僕は経営に力を入れたいから、きみにはスーシェフとして現場をまとめてもらいたい』

スーシェフ。それはオーナーシェフになるウィリアムに次ぐ地位だ。いまの店ではいわゆる平社員なので、責任ある立場にはまだなっていない。

『日本まで押しかけてきてこんなことを言うのもなんだけど、絶対に受けろと脅しているわけじゃないんだ。決断するのはきみだから。でも、僕だってそれだけ本気だということはわかってくれないか』

『ウィル……』

『いい返事を期待しているよ』

彼との会話を反芻《はんすう》した蓮は、ベッドの上でごろりと寝返りを打った。

(ウィルは俺のことを買ってくれている。スーシェフならこれまでとは違った働き方になるだろうし、いい経験になるはず。そのうえ給料も上がるって、破格の条件だよな)

考えれば考えるほど、メリットばかりだ。デメリットはどこにもない。

「ロンドンかー……」

ぽつりとつぶやいたときだった。

玄関のチャイムが鳴り、蓮は驚いて体を起こした。こんな時間に誰だ？

インターホン付きの部屋だったので、受話器を取って応答する。モニターはないため顔はわからなかったが、聞こえてきたのは覚えのありすぎる声だった。

『よう蓮。開けてくれよ』

「――父さん!?」

ぎょっとしたものの、すぐに玄関に向かう。内鍵をはずしてドアを開けると、そこに立っていたのはまぎれもなく、父である陽太だった。近所をうろつくようなラフな私服姿で右手には保冷バッグ、左手には白いビニール袋を提げている。

「何しに来たんだよ。もう十時近いのに」

「ちょっとな。あ、これ土産。こっちがうちのアイスで、これは『ゆきうさぎ』で大ちゃんが包んでくれたやつ」

言いながら、父は保冷バッグとビニール袋を押しつけてきた。バッグの底がひんやりしているのは、アイスと保冷剤が入っているからか。

「来るなら先に連絡してほしいんだけど。いなかったら無駄足だよ」

「おまえ、休みの日に出かけてもだいたい十時までには帰るだろ。夜遊びは疲れるからしないし、十時過ぎるのは『ゆきうさぎ』に行くときくらいじゃないか?」

図星だった。さすがは父親と言うべきか。

「母さんの具合は?」

「熱は下がったぞ。星花がつくった雑炊《ぞうすい》、モリモリ食ってた」

「そう。ならよかった」

父がこの家に来るのは二回目だ。はじめてのときは母と星花もいたが、今回は父だけのようだった。邪魔するぞと言った父は靴を脱ぎ、上がりかまちに足を踏み入れようとしたが、ふいに動きを止める。

「……いま、奥に彼女とか連れこんでたりはしないよな？」

「玄関見ればわからない？」

「あ、靴がないか。っていうかおまえ、絶対もとからいないだろ。せっかくフランスにいたなら、うまいこと言って向こうの美人でも引っかけてくりゃよかったのに」

（大きなお世話だよ……）

別にいなくはなかった、と言おうとしたがやめる。過去形だし、変につつかれて藪蛇《やぶへび》になるのも避けたい。黙りこむ蓮にかまわず、父はさらに話を続ける。

「俺がおまえと同じ歳《とし》だったころなんて、実千花にどう言えば結婚してもらえるか必死で考えてたぞ。あいつ、若いころは男から人気があったからなぁ」

全力で惚気《のろけ》ているのは昔からのことなので、いまさら突っ込みはしないけれど。

「星花のそういう話は嫌がるくせに」

「娘と息子は違うんだよ」

そんな話をしながら、父はキッチンを通り抜けて部屋に入る。とたんに顔をしかめた。

「げっ、なんだよこの部屋。蒸し暑いなー」

「暑かったらクーラーつけて。リモコンはテーブルの上」

「テーブルのどこだって？　それにしてもあいかわらず殺風景な部屋だな。テレビもないってどういうことだ。暇なときとか何してるんだよ」

「人の勝手だろ。テレビがなくてもニュースならネットで見られるし」

肩をすくめた蓮はコンロの前に立ち、ケトルでお湯を沸かしはじめた。

ビニール袋の中を確認すると、入っていたのは透明なプラスチックのパック。輪ゴムで綴《と》じられたそれには、大きな丸いメンチカツがふたつ入っていた。

（小料理屋のテイクアウトなんて、普通はないよな）

相手が父だったからこそ、大樹も了承してくれたのだろうけれど。

揚げたては格別だが、「ゆきうさぎ」のメンチカツは冷めても味が変わらない。衣の中にひき肉がぎゅっと詰まっていて、肉汁もたっぷりだ。しゃきっとしたキャベツの千切りと合わせ、濃い目のソースをかけて頰張るのがいちばんおいしい食べ方だと思う。

小さな保冷バッグを開けると、桜屋洋菓子店で販売しているアイスクリームのカップが三つ入っていた。ロゴが印刷された専用のカップで、バニラにストロベリー、そしてチョコレート。三種類がひとつずつ、保冷剤と一緒にバッグにおさまっている。

手づくりのアイスクリームは両親と星花、そしてパートの女性が手作業でカップに詰めているので、それだけ手間暇がかかっていた。そのため数は限られているが、夏の風物詩ということで常連客には人気がある。

アイスを冷凍庫に入れようとしたとき、父の声が飛んできた。

「おーい蓮、アイスくれ。チョコのやつな」

(自分で食べるのかよ)

沸かし終えたお湯でコーヒーを淹れ、スプーンを添えたアイスを持っていくと、父はラグマットを敷いた床の上であぐらをかいていた。蓮が渡したチョコレートアイスの蓋《ふた》を開け、スプーンですくいとって口に入れる。

「うん、やっぱり美味いな。うちのアイスは最高だ」

「自画自賛」

「自分の腕に自信を持って何が悪い。おまえは食わないのか」

食べるけど、と言った蓮はテーブルに置いたカップに手を伸ばした。

ところどころにバニラビーンズの黒い粒が散るアイスは、市販のそれよりも黄色い。卵黄を多めに使っていて、バニラの香りも豊かに仕上げられている。

「暑い日に美味いアイスが食えるなんて贅沢《ぜいたく》なんだぞ。おまえ、日本で売り出されたばかりのアイスがいくらだったか知ってるか?」

「現代の価値にすれば八千円くらいだろ。明治二年」

「ほー。勉強はしてるんだな」

「まあね。さすがにそれだけ高いと、庶民は手を出せないよな」

当時は鹿鳴館《ろくめいかん》の晩餐会《ばんさんかい》に出されるなど、上流の人々が楽しむ高級品だった。それから約百五十年の時を経て、いまでは誰でも気軽に食べられるデザートになっている。

市販のアイスの表示には国に定められた規定があり、含まれている成分の量によって名称が異なる。乳固形分と乳脂肪《しぼう》分の量が多い順に、アイスクリーム、アイスミルク、ラクトアイスとなり、それ以外は氷菓だ。口当たりも異なり、濃厚でなめらかな味を求めているならアイスクリーム、あっさり系ならラクトアイスを選べばいい。

桜屋洋菓子店の商品は、もちろん「アイスクリーム」。

新鮮な牛乳にバニラビーンズを加えて沸騰《ふっとう》寸前まで火を通し、ほぐした卵黄とグラニュー糖を混ぜた液を加えてふたたび弱火にかければ、アイスクリームやババロア、ムースなどのベースとなるクレーム・アングレーズができあがる。

この生地に泡立てた生クリームを混ぜて冷やし、専用の機械で攪拌《かくはん》してから凍らせるとバニラアイスの完成だ。口に入れたアイスは少し溶けてやわらかくなっていたが、コクがあり、こってりとした甘さが疲れた体に染み渡る。

「あー……生き返る。暑くて死にそうだったから」

「だろ。大ちゃんのところに持っていったら、おもしろいものつくってくれたぞ」

「おもしろいもの？」

「今度『ゆきうさぎ』に行ったときに頼んでみろよ。夏が終わるまでにはな」

それ以降はどちらも言葉を発することはせず、黙々とアイスを平らげていく。

（結局、何しに来たんだ……？）

蓮は向かいに座る父をちらりと見た。仕事で疲れているはずなのに、ただ差し入れをするためだけにこんなところまで足を運んだとも思えない。内心で疑問に思っていると、アイスを食べ終わった父が、カップとスプーンをテーブルに置いた。

「あー……それでだな、蓮」

足を組み直した父はごほんと咳払いをすると、やおら切り出してきた。

「俺に何か言いたいことがあるんじゃないか？」

「え？」

「いや、その、おまえちょっと前から何か悩んでるだろ。おまえが手伝いに来ると、ときどき背中に妙な視線を感じてたからさ。そういうところは子どものころから変わらんな。二十年以上も親子やってりゃ、だいたいわかる」

気づいていたのか。ばつが悪くなった蓮は、思わず目を伏せる。

「まあ、おまえもいい大人だし、悩みのひとつやふたつはあるだろうけど。無理に話せとは言わんが、やっぱり気になってな」

だから差し入れを口実に、わざわざここまでやってきたのだ。

――父さんにとっては、俺はいくつになっても子どもなんだな。

けれどそれは決して嫌なことではなく、むしろほっとした。

成人して家を出ても、険悪になって何年も顔を合わせなくなってしまっても、父は変わらず自分のことを心配してくれている。パリにいたころ、日々の生活に追われながらも自分が父のことをずっと気にかけていたように。

悩みを人に相談するのは苦手だ。どうしても相手の考えに影響されてしまうから。

でも今回ばかりは、尊敬するパティシエのひとりである父の意見を聞いてみるのもいいかもしれない。蓮が引き抜きの話をすると、すべてを聞き終えた父は「なるほど」と言って顎《あご》に手をあてた。

「あの外人さん、蓮の先輩だったのか。若くして独立するのは大変だよなあ。俺は親父たちが商売やってたから、店そのものはあったし」

父が店を開いたのは、蓮が生まれた二十六年前のこと。

祖父母が営んでいた駄菓子屋を洋菓子店に改装したのだが、当時の父は二十八歳。いまのウィリアムよりも若かった。自分ともふたつしか変わらない。そう思うとすごかったのだなと、あらためて父を尊敬する。

土地と建物があったとはいえ、経営を軌道に乗せるのには苦労したことだろう。それでも父は試行錯誤《さくご》を重ねて、固定客を増やしていった。そしていつしか、桜屋洋菓子店はこの町に根付いていったのだ。

「世話になった人で、恩返しがしたいんだろ？　待遇もいいし、経験値も上がる。悩む必要がどこにあるんだ？　桜屋《うち》のことなら気にするな。前より売り上げはよくなってるし、星花が継いでくれるって言ってるから将来も安泰《あんたい》だ」

「そう……なんだけど」

「そこまで言われても食いつかないのは、どこかに未練があるからか」

蓮ははっと息を飲んだ。未練？

「桜屋じゃないよな。ってことは……」

言葉の先を考えたとき、蓮の脳裏《のうり》にひとつの店が浮かんだ。

たぶん、父の言う通りなのだと思う。破格の条件を提示されても、なかなか心が決まらないのは――

「…………俺、まだあの店にいたいのかも」

ブランピュール。自分がいま働いているパティスリーだ。

あの店のオーナーには、ウィリアムと同じくらい世話になっている。

彼は蓮が修業していたパリの店に、二、三カ月に一度やってくるお客だった。国籍はフランスだが日本人とのハーフで、東京に自分の店を持ち、定期的に戻ってきては市場を調査しているという。彼は十五も年下の蓮を気に入り、滞在中は勉強のためだと言って、パリだけではなく各地の有名パティスリーに連れていってくれた。

そうやって味覚を研《と》ぎ澄まし、センスを磨いていった蓮に、オーナーはあるとき「東京に戻って私の店で働かないか」と誘ってきた。

あのときもだいぶ悩んだが、最終的には誘いに乗った。オーナーのことは尊敬していたし、険悪になったままの父とケンカ別れをして三年以上が過ぎていたので、そろそろどうにかしなければと考えたのも大きな理由だ。

『レン、ようこそブランピュールへ！　歓迎するよ』

あれから二年。仕事にも慣れ、スタッフとの連携も上手《うま》くいくようになっている。上司であるスーシェフとの関係も良好で、前に頓挫《とんざ》した二号店の進出の話も水面下で進んでいた。今回は横浜《よこはま》市内の予定で、よほどのことがない限り実現するだろう。

あの店はこれからさらに盛り上がっていく。きっとおもしろくなるに違いない。

そんなときに、自分ひとりが抜けてしまっていいものなのか。

蓮の心に引っかかっているのは、そこだった。

「それに……」

口を開きかけた蓮は、一瞬、どうしようか迷った。

これはオーナーやウィリアム、そして親しい友人である大樹にすら明かしていない。打ち明けるのには勇気が必要だったが、この際だからと思いきる。

「実は――俺もいつか、自分の店を持ちたいって考えるようになってて」

父が大きく目をみはる。蓮は言葉を選びながら続けた。

「父さんとかオーナーとかウィルとか、俺のまわりには独立したパティシエが何人もいるだろ。パティシエじゃないけど、大樹だって自分の店を持ってる」

「言われてみりゃ、たしかにな」

「そういう人たちを見てると、いつかは俺も……って思うようになるよ。口で言うほど簡単なことじゃないのはわかってるし、実現するのかもあやふやだけど」

実家に戻ることも考えたが、現在の桜屋のコンセプトと蓮が思い描く理想の店は、方向性が違っていた。これからつくってみたいオリジナルも、桜屋とは合わない気がする。

どちらがよくて、どちらが悪いという話ではない。大事にしたいところと、めざす場所が違うだけ。

だからこそ、自分は実家に戻るべきではないと思う。たとえウィリアムの店に移ったとしても、東京に残るとしても、蓮が桜屋で腰を据えて働くことにはならないだろう。あの店を思う気持ちはいまでも変わらないけれど、この二年の間で、自分の中には父や星花とは異なる新しい夢が生まれつつあった。

「いまみたいに手伝いに行くことはあるだろうけど、俺はもう家には戻らないと思う。父さんがやりたいことと俺のそれは違うから」

話を終え、蓮はごくりと唾《つば》を飲んだ。思えば父とこうして向かい合い、腹を割って話をするのは、二年前に和解したとき以来だ。果たしてどう思ったのだろう?

天井をあおいだ父は、大きな息を吐いた。ぽつりとつぶやく。

「子どもってのは、知らないうちに成長してるものなんだなあ……」

「えっ」

目線を戻した父は、「わかってるつもりだったんだがな」と苦笑する。

「まあ、いつまでも子どものままじゃこっちも困っちまうしな。自分の店、いいじゃないか。何年かかってでもやってみろよ」

　蓮はぽかんと口を開けた。父の言葉を反芻すると、気が抜けたような笑みが漏《も》れる。

「……そんなの無理だって言われるかと思ってた」

「んなこと言うわけないだろ」

　あたりまえのように即答されて面食らう。父は真剣な表情で続けた。

「俺が店を開くとき、親父にさんざん反対された話はしたよな？　駄菓子屋はもう流行《はや》らないから閉める。おまえは子どもが生まれることだし、この機にどこかの会社に就職しろって言われてな。それでも押し切ったからこそいまがある。だから蓮もあきらめるな」

「………ありがとう」

「けど、言ったからには全力を尽くせよ。たいした努力もせずに逃げ帰ってきたら、速攻で追い返してやるからな。それだけは肝《きも》に銘《めい》じておけ」

「わかってる」

　まさかこうして、自分の親と将来の話をするなんて思わなかった。しかもその夢はまだ漠然としていて、かなうかどうかもわからないのだ。

　けれど父は、そんな自分の話を笑い飛ばすことなく聞いてくれた。その上で、あきらめるなとも言ってくれた。心の奥がじんわりとあたたまり、嬉しくて鼻の奥がツンとする。

　膝《ひざ》の上に置いたこぶしを握りしめると、父もまた照れくさそうに笑った。

「はは、久しぶりに真面目なこと言っちまった。いろいろ考えてたら腹減ってきたわ。さっきのメンチカツもらうぞ」

父がのっそりと腰を上げる。キッチンに向かったかと思うと、すぐに「おい蓮」と声をかけられた。

「ソースどこだ？　『ゆきうさぎ』のメンチは中濃でないとな」

「冷蔵庫の右側だよ」

やっぱり自分で食べるのか。そう思いながらも、蓮の顔は穏やかにほころんでいた。

八月六日、二十二時。

閉店まで一時間を切り、「ゆきうさぎ」の店内は無人となった。日曜はお客の引きがはやいのでいつものことではあったが、それはそれでさびしい。

「明日は月曜だからしかたがないんだけど……」

手持ち無沙汰《ぶさた》にテーブルを拭《ふ》きながら、碧は小さなため息をつく。

厨房ではすでに、大樹が明日の仕込みをしていた。

メンチカツとおからポテトコロッケが売り切れてしまったので、ストックをつくっておかなければならないのだ。香ばしく味の濃い揚げ物は、キンキンに冷えたビールとよく合う。そのためランチタイムだけではなく、夜にも注文が多かった。

大樹は衣をまぶし終えたタネをステンレスバットに並べ、冷凍庫に入れる。

「来週はにぎわうんじゃないか？　花火大会があるし」

「あ、そっか。もうそんな時期なんだ」

花火大会には毎年多くの人が集まるので、「ゆきうさぎ」は稼ぎ時だ。碧もその日はシフトに入っているから、花火を見ることはできないのだけれど。

碧は黙々と調理器具を洗いはじめた大樹に目を向ける。

（いつか一緒に見てみたいけど、やっぱりむずかしいよね……）

気心の知れた常連さんたちが集まって、大樹の料理に舌鼓《したつづみ》を打ちながら、ほろ酔い気分で過ごす夏の夜。それはそれで活気があって好きだけれど、店内にいてもわずかに響いてくる花火の音を聞いていると、やはりうずうずしてしまうのだ。

ふいに、流しの水音が止まった。

「せっかくの花火大会なのに、仕事させることになって悪かったな」

まるでこちらの心を読んだかのような言葉に、どきりとする。もしかして同じことを考えていたのだろうか。

「ほんとは誰かと行きたかったんじゃないのか？　その……彼氏とか」

「そ、そんな人いませんよ。だから気にしないでください」

まさかその「誰か」が大樹だとも言えず、あわてた碧はごまかすように言葉を重ねる。

「だってほら、ここに来たら雪村さんの賄《まかな》いが食べられるじゃないですか。花火はきれいですけどお腹はふくれませんからね」

口に出してから、しまったと思った。なんて色気のない返事なのだろう。だけどそれはまぎれもない本音でもあった。

(────じゃなくて！　食いしん坊を強調してどうするの)

きょとんとしていた大樹は、笑いをこらえるような表情で「そうか」と言った。子どものようだとあきれられてしまっただろうか。もう少し大人びた答えを返せればよかったのに、食い意地の張った自分の胃袋が恨めしい。

「えーと、その、つまりですね。雪村さんのご飯は花火よりも上だということで……」

「それは光栄だな」

うろたえる碧の姿をおもしろそうに見つめていた大樹は、ぼそりと言った。

「やるか、花火」

「え？」

「家庭用のだけど、去年うちの庭でやっただろ。蓮やミケさんたちと一緒にさ。花火大会は無理でもあれならできる」

「……いいんですか?」

「定休日なら時間もあるし、俺はかまわない。まあ、タマの都合がつけばだけど――」

「やりましょう!　っていうかやりたいです!」

　大樹が言い終わらないうちに、碧は身を乗り出して答えていた。今年もまた、大樹と一緒に記憶に残る思い出をつくることができる。想像しただけで心がはずんだ。

「うわぁ、楽しみ。花火買ってこなきゃ。お菓子もたくさん用意しないと」

「そこでまた食べ物が出てくるところがタマらしいな」

「もう食いしん坊でいいです。おいしいものがあると二倍に楽しくなりますからね」

　少し前まで落ちこんでいたのに、大樹の誘いひとつで簡単に浮上する。我ながらなんとも現金なものだとあきれたが、それよりも嬉しい気持ちのほうが大きかったので、まあいいかと思ってしまう。

　むくむくとやる気が湧いてきた碧は、「雪村さん」と呼びかけた。

「何かお手伝いできることないですか?　仕込みでも雑用でもバリバリ働きます!」

「そうだな……。だったら明日からのランチメニュー、つくっておいてくれないか?」

厨房の奥に入っていった大樹は、ノートパソコンを抱えて戻ってきた。テーブルの上に置いて起動させ、保存しておいたランチメニューのフォーマットを表示する。

「お品書きはこれ」

手渡された一枚の紙には、手書きでメニューが記されていた。説明文も添えてあったので、これを打ちこんで印刷すればいい。

碧が作業をはじめてすぐのことだった。格子戸が開き、反射的に顔を上げる。

「いらっしゃいませ——あっ！」

「こんばんは。……あれ、誰もいない」

暖簾をくぐって中に入ってきたのは、蓮とウィリアムだった。小料理屋ははじめてなのか、ウィリアムはものめずらしそうにきょろきょろと店内を見回している。

「今日は貸し切り状態ですよー。どうぞどうぞ」

おそらく本日最後のお客になるであろう彼らを、碧ははりきってカウンター席に案内した。仕込みの手を止めた大樹が声をかける。

「お疲れ。仕事帰りか？」

「そう。大樹は初対面だよね。この人、前に話した俺の先輩。明日の朝には帰国するから最後においしいものをご馳走《ちそう》しようと思って」

「ウィリアム・トンプソンです。ヨロシク」

にこやかに挨拶《あいさつ》した彼は、礼儀正しくぺこりと頭を下げた。大樹が「こちらこそ」と笑顔で返すと、ふたりは椅子を引いて腰かける。

厨房に入った碧は手早くお茶の用意をしてから、冷たいおしぼりを添えて彼らの前に湯呑みを置いた。お品書きを開いた蓮が、隣に座ったウィリアムに英語で何事か話しかけている。乏しい語学力を駆使してもうまく聞き取れなかったが、雰囲気からして苦手な食べ物をたずねているようだ。

しばらくやりとりしていた蓮が顔を上げ、大樹と目を合わせる。

「それじゃ、とりあえずビールふたつ。それから肉じゃがとだし巻き玉子を」

彼が頼んだのは、どちらも創業から変わらない人気を誇る看板メニューだ。常連が一見《いちげん》のお客を連れてきたとき、必ず注文する品でもある。

「だし巻き、何か入れるか？」

「うーん、今日はウィルもいるからシンプルにいこうかな。あとは大樹のおまかせで二、三品。ウィルは生魚がだめだからそれ以外で」

「ご飯ものは？　焼きおにぎりとか」

「いいね。〆《しめ》はそれにしよう」

了解と答えた大樹は、まずは出汁《だし》をたっぷりと含み、ふるふるとやわらかな食感がたまらないだし巻き玉子を焼き上げた。形をととのえてから平皿に盛りつけ、蓮とウィリアムの前に置くと、次はすでに仕込みが終わっていた鶏肉のつくねに手を伸ばす。

丸くて平べったいつくねは、油をひいたフライパンで両面を焼いていく。肉汁がにじみ出るようないい匂いがただよい、近くにいた碧は思わず深呼吸をしてしまった。

（あ、うっとりしてる場合じゃない）

我に返った碧はよく冷えた瓶《びん》をかたむけ、黄金色のビールをジョッキに注いだ。それから肉じゃがをあたためている間にも、大樹の手が止まることはない。

つくねに焦げ目がつくと、特製のタレをからめ、最後に溶いた卵黄をかける。

細かくした軟骨が入っているのでコリコリしていて、ビールのお供にぴったりだ。

あとは野菜だなとつぶやいた彼は、冷蔵庫に残っていたトマトと水菜、豆腐を使って手早くサラダをつくった。自家製のドレッシングをかけて提供する。

「蓮、フォークとか出したほうがいいのか？」

「大丈夫だよ。この人パリにある蕎麦屋のファンで、箸は普通に使えるから」

材料やつくり方などを大樹が説明すると、蓮が英訳してウィリアムに伝える。うなずいた彼は意外にも正しい箸の持ち方で、つくね焼きに手をつけた。ぱくりと口に入れ、味わうようにゆっくりと咀嚼《そしゃく》する。

――「ゆきうさぎ」の味は、外国の人にも受け入れてもらえるのだろうか？

碧が固唾《かたず》を飲んで見守っていると、ウィリアムはすぐに両目を輝かせた。

「すごくオイシイ！　タイショー、やるね！」

「はは、よかった。ありがとうございます」

「ビールとすごく合いますね。お代わりがほしいくらいです」

どうやら気に入ってもらえたようだ。加速をつけて食べはじめたウィリアムを見て、碧たちはほっと胸をなで下ろす。

蓮とウィリアムはジョッキを片手に、大樹がつくった料理をおいしそうに平らげていった。交わされる会話は英語だったため何を話しているのかはわからなかったが、ふたりとも楽しそうにしていたので、終始なごやかに時が過ぎていく。

（蓮さん、ウィリアムさんのお店に行くことにしたのかな……？）

彼の表情は数日前とは違って、何かが吹っ切れたかのように晴れやかだった。しばらく悩んでいる姿を見てきたので、解消したならよろこばしい。けれどそれは、彼が今後について決断したことを意味している。

焼きおにぎりを食べ終わったとき、蓮が思い出したように口を開いた。

「そういえば大樹、おとといだったかな？　親から聞いたんだけど」

「ん？」

「うちのアイスを持っていったら、おもしろいものつくってくれたって」

軽く首をかしげた大樹は、すぐに思い当たったらしく「あれのことか」と笑う。

「なんなら食べてみるか？　まだ残ってるから」

冷蔵庫を開けた彼は、デザート用に仕入れていた果物をとり出した。

バナナに苺《いちご》、そしてキウイ。皮があるものは剝《む》いて、薄く輪切りにしていく。

それが終わると、生春巻きの皮を一枚ずつ水にくぐらせた。戻した皮の上には、切り分けた果物とかために凍らせておいた桜屋洋菓子店のバニラアイス、そして手づくりのこしあんをのせ、慣れた手つきでしっかりと巻いていく。

「簡単だけど見栄えがするからな。試しに出してみたら女性のお客に好評で」

「もちもちで意外に合うんですよねー。和菓子っぽくて」

でき上がったフルーツ巻きは、皮に包まれた色あざやかな果物が透けて見える。

生春巻きの皮はライスペーパーとも呼ばれているように、米粉でつくられている。甘いものを巻いてデザートにしても、じゅうぶんおいしく食べられるのだ。

碧がお皿に盛りつけて差し出すと、蓮とウィリアムは興味深げに視線を落とした。

「キレイですねえ」

「こういうの、なんか女子っぽい……。タマちゃんの入れ知恵だな」

つき合いが長いだけあって、蓮は大樹のことをよく理解している。

無骨な大樹は、女性が好む「可愛いもの」があまりわからない。だからときどき碧や菜穂に意見を求めてくるのだ。今回は、フルーツとアイスを使った見栄えのいいデザートはないかと訊かれたので提案してみた。

「……もっちり？　ひんやり？　言葉合ってますか。そんな感じですね」

「なるほど。たしかに薄めの求肥《ぎゅうひ》みたいだ」

フルーツ巻きを口にした彼らは、まずは純粋に食感を楽しんだ。それからパティシエらしく、見た目や味について意見を交わしはじめる。

碧と大樹も加わり話に夢中になっていると、いつの間にか閉店時刻が近づいていた。

「あ、もうこんな時間か……。そろそろ帰らないと」

腕時計に目をやった蓮が、名残惜しそうに腰を上げる。

会計を終えた彼らが戸を開けると、碧と大樹も見送りのために外に出た。

「今日はありがとうございました。また東京に来たときはぜひお立ち寄りください」

大樹が礼儀正しく頭を下げる。ウィリアムは「モチロンです」と微笑んだ。

「レンにはフラれてしまいましたが、ワタシたちの関係は変わりません。いつかまた、ふたりでディナーに来たいです」

「えっ」

「心配かけたけど、そうすることにしたよ。俺はいまの店でもっと腕を磨きたいから」

口調は軽かったが、その決断に至るまでには多くの葛藤《かっとう》があったに違いない。ウィリアムも納得しているようで、彼の表情もまた晴れ晴れとしている。

「ワタシもレンに負けないように、よい店をつくっていかなければ。タイショーとオカミさんも、ロンドンに旅行することがあったら遊びに来てくださいね」

「わ、わたしは女将じゃないですよ」

「気にしない気にしない。ワタシにはそう見えるから」

ウィリアムは碧と大樹に向けて軽く手をふると、蓮と肩を並べて駅のほうへと歩いていった。顔を見合わせた碧と大樹は、どちらからともなく笑みを漏らす。

ほんの少しくすぐったい、夏の夜だった。


「あいかわらず暑いなぁ……」

八月も後半に入り、九月が近くなっても、気温は一向に下がらない。

ランチタイムのシフトに入っていた碧が自転車を漕《こ》いで「ゆきうさぎ」に向かっていると、桜屋洋菓子店の前に人影があった。定休日なのでシャッターは閉まっていたが、桜屋夫妻がしゃがんでいて、武蔵《むさし》と虎次郎《こじろう》にエサをやっている。

顔を上げた武蔵が、碧の存在を知らせるように鳴いた。ふたりがふり返る。

「おはようございます」

「あらタマちゃん、おはよう。今日もバイト？」

「はい。おふたりでお出かけですか？」

実千花だけではなく、今日は陽太のほうも、普段より装いが洒落ている。そのあたりを散歩に、という感じではなさそうだ。

「ふふ、これからちょっと蓮が勤めてるお店に行ってみるの」

「ブランピュールに？」

「私は何度か行ってるけど、この人はまだでね。どういう風の吹き回しか、一度行ってみたいからつき合えって言い出して」

「しかたないだろ。男がひとりで入れそうな店じゃないんだから」

「単に勇気がないだけでしょ」

ぴしゃりと言われた陽太はむっとした顔になったものの、あまり怒っているようには見えない。以前からふたりで出かけたがっていたのを知っているので、本当は嬉しいのかなと思うと、こちらもにやけてしまう。

「お店に行ったあとはどうするんですか？」

「そうねえ。せっかくだからお昼は奮発して、あとは久しぶりにデパートでお買い物かしら。荷物持ちがいることだし、たくさん買ってもいいわよね」

「ほどほどにしろよ。ったく……」

（やっぱり嫌がってるようには見えないなー）

「楽しんできてくださいね」

遠慮なく言い合っていても、その根底には相手に対するたしかな愛情と信頼がある。

「今日も仲良しだよね。おじさんたち」

まるで「そうだな」とでも言っているかのように、武蔵が鳴き声をあげる。

仲睦《むつ》まじく歩き出した桜屋夫妻を、碧は猫たちと一緒に笑顔で見送った。

第2話　親子のための鯛茶漬け

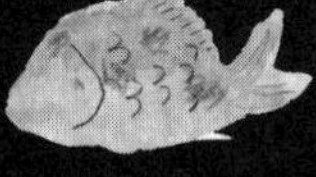

路線バスのステップから降りたとたん、強い日差しが照りつけた。

「暑……」

まぶしさに目を細めた玲沙《れいさ》は、右手に持っていた旅行用の大きなトートバッグを肩にかける。東京のアパートを出てから、三時間半。富士山《ふじさん》のお膝元《ひざもと》のひとつ、静岡県富士《ふじ》市の一角に、高校を卒業するまで暮らしていた実家があった。

(前に帰省したのはいつだったかな……。春休みは無理だったから、お正月?)

あれは去年のクリスマスが終わったばかりのころだったか。

バイト先のコンビニでケーキやチキンを売りまくり、くたくたになって帰宅して間もなく、母から電話がかかってきたのだ。

『玲ちゃーん、お腹《なか》すいた。おいしいものが食べたい』

十九歳で早々に結婚し、翌年に玲沙を産んだ母は、四十を少し過ぎたばかり。同い年の友人たちの母親とくらべても、かなり若い。性格もあるだろうけれど、母というより歳《とし》の離れた姉に近い感覚があった。

『食べればいいじゃん。つくるのが面倒なら買えばいいし』

『誰かがつくってくれたものが食べたいの! あったかい手づくりご飯。うちのバカ息子ども、私が仕事で疲れて帰ってきたとき、なんて言ったと思う?』

『……「腹減った、飯は？」だよね』

『一言一句その通り！　自分でつくれとまでは言わないけど、たまには小遣いでお総菜のひとつでも買ってきたらどうなのよ！　そう思わない？』

憤慨《ふんがい》する母の背後から、弟たちの言いわけじみた声が聞こえてきた。よほど虫の居所が悪いようで、母は『黙らっしゃい！』と一喝《いっかつ》すると、ふたたび愚痴《ぐち》をぶちまける。

『男の子ってほんと、気が利かない！　図体ばっかり大きくなっても、自炊もしないで食べるだけ！』

『いや、男性でも料理できる人はいっぱいいるでしょ。あの子たちがアレなだけで』

料理と聞いて、玲沙の脳裏《のうり》に浮かんだのは一軒の小料理屋。友人の碧《あおい》がバイトをしているあの店には、もうひとりの友人であることみと、定期的に食事に行っている。

店主の大樹《だいき》はまだ二十代だが、先代女将《おかみ》の味をしっかり守りながら、日々の研究も欠かさない。おかげでお客は、いつでも頬《ほお》が落ちそうなほどおいしい料理を飽きることなく堪《たん》能《のう》することができる。

おじさん客が多い「ゆきうさぎ」では、玲沙とことみのような若い女性客はあまりいない。そのうえ看板娘の「タマちゃん」こと碧と仲がいいので、ほかの常連客からは彼女と同じように可愛《かわい》がってもらっている。

『はあ……。クリスマスはしかたがないから、もうあきらめる』

　言いたいことを言って気がすんだのか、電話口から伝わってくる怒りの気配が薄れた。ほっとしていると、『でも』と言葉が続く。

『お正月こそはいいものが食べたいわ。鯛《たい》が入ったお雑煮《ぞうに》とか、デパートで売ってるような豪華三段重ねの高級おせちとか』

『おせちねえ……。ああいうのって、おいしいだろうけど高いでしょ』

『なら高級じゃなくてもいいから、どこかおすすめのお店とか知らない？　東京だったらけっこうある気がする』

『いきなりそんなこと言われても。あったとしても予約は締め切ってるんじゃないの』

『う……。結局、今年もスーパーのバラ売りを買うしかないのね』

　通話はそこで終わったのだが、翌日に「ゆきうさぎ」で食事をしながらその話をしたとき、大樹が思わぬことを提案した。

『おせちなら俺も実家に差し入れするから、もうひとつ一緒につくろうか？』

『えっ。でも、こんな急なのに』

『別にかまわないよ。まだ食材も買ってないし。商売だから、ある程度の代金はもらうけど。原価がこれくらいだとすると……』

提示された金額は、食材費に少し上乗せされたくらいで、思っていたよりはるかに安かった。これほどおいしい話を逃す手はない。

もちろん、一も二もなく飛びついた。かくして三十一日には、重箱に詰められた「ゆきうさぎ」特製のおせち料理を、無事に手に入れることができたのだった。

(あのおせち、お母さんものすごく気に入ってたなぁ)

『なにこれ！　豪華！』

元日の朝。大樹から借りた重箱の蓋《ふた》を開けた瞬間、母は嬉《うれ》しそうに歓声をあげていた。

長崎で生まれたカステラ蒲鉾《かまぼこ》がもとになった、卵をたっぷり使った伊達《だて》巻《ま》き。ふっくらやわらかく煮た黒豆に、小田原《おだわら》から取り寄せたという紅白蒲鉾。昆布《こんぶ》巻きや数の子といった縁起物もしっかり入っていた。

さらには車海老《えび》の鬼がら焼きや、じっくり丁寧に焼き上げたと思われる、柚子胡椒《ゆずこしょう》ソースをかけた和風ローストビーフなどなど。彩り豊かな料理の数々が三段重ねの重箱にきれいに詰められていて、もちろん味も申し分なかった。

『伊達巻き、甘くておいしいー。しっとりしてるのにふわっふわ』

『ローストビーフも食ってみろよ。すげーやわらかいぞ』

『お代わりないのかぁ……。姉ちゃん、これ来年も頼めないかな』

家族で夢中になって頬張ったおせちの味は、いまでもはっきりと憶えている。昨日のことのように思い出せるのに、時がたつのは本当にあっという間だ。

『玲ちゃん、夏休みは帰省するでしょ?』

『うーん。帰りたいけどバイトがね。連休とるのむずかしいかも』

『そんなこと言って、春休みも帰ってこなかったじゃない。バイトが忙しいのはわかるけど、無理して倒れたらどうするのよ。ちゃんと食べてるのかも気になるし……』

『自炊《じすい》はしてるよ。大丈夫』

『……一日でもいいから、顔見せられない?』

電話口で母にそう言われてしまったら、断ることなどできなかった。

大学の長期休暇は稼ぎ時なので、家庭教師のバイトはもちろん、いつものコンビニバイトも詰めこんだ。忙しく過ごしているうちに日々が過ぎ、気がつけば九月になっていたのだ。このままだと後期の授業がはじまってしまうので、なんとか三日間の空きをひねり出して現在に至っている。

日焼け止めはきっちり塗っていたけれど、半袖《そで》の服から伸びるむき出しの腕が、じりじりと焼けていくような感覚。九月も半ばを過ぎ、そろそろ秋の気配が見えてきてもいいはずなのに、今年の夏はもう少し居座るつもりのようだった。

ここから実家までは、歩いて五分。うるさいほどのセミの鳴き声が響く中、できるだけ陰になっている道を選びながら進んでいく。歩くたびに、手にしている大きなビニール袋が揺れ、ガサガサと音を立てた。

真野《まの》家の人々が暮らしているのは、築十六年になるマンションの二階だ。間取りはごく普通の3LDKで、大黒柱の母と高二になる双子の弟たちが住んでいる。父親は生きているが、九年前に母と離婚したのでここにはいない。

自宅にたどり着くと、呼び鈴を鳴らした。しかし答えは返ってこない。

母は夕方までパートの仕事があると言っていたが、土曜なので弟のどちらかならいるだろうと思っていたのに。しかたなく、持っていた鍵を使ってドアを開ける。

「ただいまー」

誰もいなくても声をかけるのは、昔からの習慣だ。ストラップ付きのサンダルを脱いで中に入った玲沙がリビングのドアを開けると、ひんやりとした空気が肌に触れた。

(ん？　なんでクーラーつけっ放しなの)

消すのを忘れて出かけてしまったのだろうか、もったいない――と思ったとき、布張りのソファが視界に入った。こちらから見えるのは裏側だったが、そのソファからはみだしているのは、まぎれもなく人間の素足。

（あのバカでかい足は）

正面に回ると、そこにいたのは案の定、ソファの上でだらしなく眠りこけている弟その二。一卵性の双子なので顔は同じだが、些細な違いでどちらなのかは見分けがついた。口元に小さなホクロがあるほうが兄の凪沙《なぎさ》で、ないほうが弟の束沙《つかさ》だ。

束沙は読みかけの週刊漫画雑誌を胸に抱いたまま、すやすやと眠っている。普段はむさくるしくても寝ている姿は可愛い……わけがない。なにしろ相手は身長百八十五センチのバスケ少年だ。立っていれば威圧感があるし、横になっても非常にかさばる。

そしてもちろん、その体に見合う量の食事をとるので大変だ。高校に入ってからは少し落ち着いたが、中学時代の双子はすさまじかった。

（お母さん、この子たちの食費を稼ぐために働いてるようなものだしね……）

母の元夫からは、毎月決まった額の養育費がふりこまれている。だから生活に困ることはないのだが、育ち盛りの息子がふたりもいると、エンゲル係数の高さは半端ではない。玲沙もこの家に住んでいたときは、よく母を手伝って食事の用意をしたものだ。

ため息をついたとき、束沙が寝返りを打った。幅がないソファでそんなことをすれば当然転がり落ちる。「ぐえっ」と声をあげた弟は、のっそりと体を起こした。

「――うお。姉ちゃん、おかえり。っていうかいつの間に」

「チャイムが聞こえないくらい熟睡してたわけね……。あんたひとり？　部活は？」

「今日だけ臨時休み。母さんはパート。ナギはデート」

「パートはともかくデートって何。お姉さまをさしおいて、いつからそんなリア充に」

「んなこと知るかよ。俺と同じ顔なのに先越しやがって」

束沙はソファにどっかりと座り直し、拗《す》ねたように口をとがらせた。かと思うと、玲沙が手にしていた袋に目ざとく気づく。

「それお土産《みやげ》？　甘いもの？」

「言っとくけど、開けるのはお母さんが帰ってきてからだよ」

えー、という声を無視して、玲沙はダイニングテーブルに近づいた。水玉模様のクロスがかかったテーブルに置いてあったものを見るなり、あんぐりと口をあける。

「ちょっと、なんなのこの不気味なカタマリは」

「ホットケーキ」

言われてみれば、そんな気がする。しかし白いお皿の上にのっているホットケーキ（らしきもの）は表面が真っ黒で、そのうえふくらまずぺしゃんこになっている。見ているだけで食欲を失くしてしまうような代物だ。何口か食べた形跡はあるものの、それ以上は無理だったのか放置されている。

「あんたがつくったの？　これ」

「俺以外だれがいる。母さん最近忙しいから、昼飯は自分で用意するって言ってさ」

「ふーん。そう言えるくらいには成長したんだ」

「いつまでもガキ扱いすんな。でも結果はそれだ」

しばらく買い物に行っていないようで、普段は置いてあるカップラーメンや冷凍食品のストックは見当たらなかった。しかたなく、残っていたホットケーキの素で昼食をつくろうとしたものの、あえなく焦がしてしまったと。

（火加減が強すぎたんだろうなぁ）

「スーパーにでも買い出しに行けばよかったのに」

「外、暑いだろ。めんどくさい。だから姉ちゃん、そのお土産を恵んでくれ……」

「……しょうがないなー」

袋から取り出したのは、人気店で買った数量限定のカレーパン。ひとつを手渡すと、東沙はむさぼるようにして食べはじめた。よほどお腹がすいていたらしい。

キッチンに入った玲沙は、もったいないと思いつつも黒焦げホットケーキを処分した。それから食材を確認し、必要なものをダイニングテーブルに集める。

（なんだ。素がなくてもできるできる）

材料をそろえた玲沙はくいっと眼鏡を押し上げ、さっそく調理にとりかかった。

薄力粉とベーキングパウダーをふるいにかけてから、割りほぐしておいた卵と牛乳、そして砂糖とひと匙《さじ》の溶かしバターを加え、ボウルの中で混ぜ合わせる。熱したフライパンは濡れ布巾の上で適度に冷まし、とろりとした生地をお玉で流しこんだ。

小さな穴が空いてきたら裏返して、火加減に注意しながら焼き色がつくまで待つ。

ふっくらきつね色になったらお皿に移し、もう一枚。二枚を重ねてメープルシロップをたっぷりかける。最後にコクのあるバターをのせ、生地にじっくり染みこませてから束沙を呼ぶと、気だるそうにやってきた弟の両目が見るもあらわに輝いた。

「ホットケーキだ！」

「カレーパンだけじゃ足りないでしょ。小麦粉攻めだけど文句は聞かないからね」

「言うわけないじゃん。最高ですお姉さま！」

調子よく席に着いた束沙は、嬉しそうな表情でホットケーキにフォークを入れる。

「自分から料理する姿勢は偉いけど、先につくり方とコツを頭に叩きこんでからにすることと！　成功確率は少しでも上げておくべき！」

「わかりましたー、玲沙先生」

「ちゃんと反省しなさいよ？　食材だってタダじゃないんだから」

玲沙は向かいに腰かけ、自分用のカレーパンにかじりついた。

『お土産に買って帰るなら、これが一番！　弟くんたちも絶対によろこぶよ！』

食いしん坊かつカレー好きの碧から興奮気味におすすめされた店だけあって、パン粉をつけて揚げた生地の外側は、時間がたってもまだカリカリとした食感が残っている。内側はふんわりしていて、中に包まれているカレーフィリングには大きな角切り牛肉が贅沢《ぜいたく》に入っていた。少し辛めの味つけが食欲をそそる。

こうして食卓についていると、高校時代、パートで帰りの遅い母に代わって夕食をつくり、弟たちにふるまっていたときのことを思い出す。あのときはまだあまり料理が上手ではなく、数多くの失敗作も食卓に上がった。それでも弟たちは何も言わずに平らげていたから、彼らなりに気を遣っていたのかもしれない。

「ねえ東沙、あんた高校卒業したらどうするつもり？　大学行くの？」

「なんだよいきなり」

「凪沙は東京の大学に行きたいって言ってたけど、あんたのほうはまだ聞いてなかったなーって。進学か就職かくらいは決めてるの？」

「俺、まだ二年だぞ。どうするかなんて決めてない。ナギみたいに頭よくないし」

それだけ言って、東沙はふたたびホットケーキに視線を戻す。

「だったら卒業してもここに残りなさいよ。進学でも就職でも地元にして」

「はあ？　なんで」

「だってあんたまでここを出て行ったら、お母さんひとりになっちゃうじゃない」

先に実家を出た自分が言うことではないかもしれないけれど、弟たちもいなくなってしまったら、母はこの家にひとり残される。まだ若いし持病があるというわけでもないが、さびしがりやの母のことだから、なんとなく心配になってしまうのだ。

「まあ、大学卒業したら、私がこっちで就職するって手もあるけど」

「……」

ホットケーキの最後の一口を飲みこんだ束沙は、おもむろに顔を上げた。

「地元に戻るのはいいけど、うちに住むのはやめておいたほうがいいんじゃね？」

「なんでよ」

「姉ちゃん、二十歳《はたち》過ぎて彼氏でもない中年男と同居したいのかよ」

何を言われたのかわからず、玲沙はきょとんとした。そんな姉の様子を見た束沙は、我に返ったように瞬《またた》く。その顔にははっきり「しまった」と書いてあった。

「――ちょっと！　いまの発言の趣旨、簡潔にまとめて説明しなさい！」

「いやその、あの、だから」

あたふたする弟を締め上げて、玲沙が驚くべき情報を入手するのは、それからまもなくのことだった。

「えっ、お母さん再婚するの!?」

玲沙が東京に戻ってきてから三日後。ことみを伴い「ゆきうさぎ」の暖簾《のれん》をくぐった彼女は、碧に実家での顚末《てんまつ》を話してくれた。

「びっくりしたってもんじゃないよ。まさに寝耳に水！」

「でも朿沙くんは知ってたんだよね？　凪沙くんも」

「それもまた腹が立つわけ。なんで私にだけ黙ってたんだーって」

夜の営業をはじめたばかりの店内には、まだ玲沙とことみしかお客がいない。碧はカウンターの内側で、玲沙が注文した瓶ビールをジョッキに注いだ。

碧の横では、大樹がことみの注文品であるカクテルの準備をしている。二十歳を過ぎて飲酒は解禁されたが、碧たちの中で日本酒や焼酎《しょうちゅう》の味を楽しめる大人はまだいない。

「お待たせ」

「わあ、きれーい」

ことみの前に置かれたのは、よく冷えたフルート型のシャンパングラス。優雅で繊細な雰囲気のグラスは、はかなげで優しい（見た目だけだが）印象の彼女によく似合う。

中身は、しぼったオレンジ果汁とシャンパンで満たした「ミモザ」という名のカクテル。グラスのふちには櫛《くし》切りにしたオレンジが飾られていた。その名の通りミモザの花のようなきれいな黄色で、さわやかな柑橘《かんきつ》系の香りが鼻腔《びこう》をくすぐる。

「こういうの見てると、大人になったんだなって感じがしますね」

親しみやすい小料理屋が一瞬、お洒落《しゃれ》なバーになったような感覚。もっとも、自分たちはまだ学生で、大人の入り口に立ったばかりなのだけれど。

うっとりとグラスを見つめていると、大樹が小さく笑った。

「本職じゃないから、シェイカーを使った本格的なものはつくれないけど。タマはファジーネーブルが好きだよな」

「はい！　あれもおいしいですよね。飲みやすくて」

カクテルはお品書きには載っていないのだが、大樹に頼めば対応してくれる隠しメニューのひとつだ。ミモザは以前、大樹がつくってくれたものを飲んだことがある。果汁のほどよい甘さとシャンパンの泡がうまく溶け合っていて、口当たりがよくフルーティでおいしかった。

「それはそうと玲沙、お待たせしました。お待ちかねのビール！」

「自分で頼んだとはいえ、ことみと比べてなんて可愛げのないことよ……」

そんなことを言いながらも、ビールを前にした玲沙の顔はゆるんでいる。

ことみは長い黒髪を耳にかけ、上品な仕草でグラスに口をつけた。一方の玲沙はジョッキを手にしたかと思うと、勢いにまかせて半分ほどを一気に飲む。

「さすが、豪快！」

「真野ちゃん、わたしたちの中で一番お酒強いからねえ」

満足そうに息をついた玲沙は、香ばしい小鰯《こいわし》のから揚げをつまみながら話を続けた。

「相手は母親のパート先によく来てたお客らしくてさ。何年も通ってたみたいで、ある日向こうから思いきって声をかけたとか」

「えー、そんなことってあるんだ。わたしも雑貨屋さんでバイトしてるけど、お客さんに声かけられたことなんてないよ？」

――たぶん、かけたくてもかけられないのでは？

のんびりグラスをかたむけることみは、気づいていないのだろう。

彼女はいい家で育ったいわゆる「お嬢さま」なので、雰囲気や立ち居振る舞いにそれがにじみ出ている。そのうえ美人でスタイルもいいため、よほど自分に自信のある人でないと、異性は簡単に近寄れない空気があるのだ。

「玉ちゃんはどう？　そういうことあった？」

いきなり水を向けられた碧は「え？」と目をぱちくりとさせる。

「いや……ないけど。常連さんはお父さんみたいな歳の人が多いし。あ、ミケさんだったら二、三回くらい見たことあるよ。本人は笑ってあしらってたけどね」

「ふーん？　玉ちゃんに関しては誰かさんの無言のガードが堅いのかな」

ことみはなぜか大樹をちらりと見て、そんなことを言う。

「雪村《ゆきむら》さんはどう思います？　玉ちゃん、お客さんにモテてますか？」

グラスを磨いていた大樹は、碧の顔をじっと見つめた。口の端を上げて答える。

「常連からは可愛がられてると思うぞ。明るくて話しやすいし、働き者だしな」

「！」

「あと、よく食べる。気持ちがいいくらいによく食べる」

「く、繰り返すほどいいですかね？」

そう言いながらも、ストレートな褒め言葉に、碧は思わずうろたえてしまった。

どうしよう。くすぐったいけれど、とても嬉しい。でもその気持ちを悟られるのは恥ずかしかったので、碧は強引に話題を戻した。

「ええと……。玲沙のお母さん、たしかお弁当屋さんで働いてたよね」

玲沙は「ごまかしたな」とつぶやいたが、返事をしてくれる。

「最近は近所の日本茶専門店とかけもちしてるよ。そっちのほうが時給いいみたいで。だから忙しいんだよね」

昔はそれほど料理が上手ではなかったそうだが、働き出してからはめきめきと腕が上がり、玲沙たちはいつでもおいしい手料理が食べられるようになった――わけでもなく、疲れ果てて帰ってくる母親にそんな気力はなかったようだ。そのため成長した玲沙が自然と家事を手伝うようになったとか。

（そうだよね。仕事が忙しいと、なかなかご飯をつくるところまで手が回らないし）

碧の母も働いていたから、それはよくわかる。

勤務先の学校は市内でそれほど遠くはなかったが、帰ってくる時間は遅いことが多かった。そういったときはたいてい、スーパーで買ってきたお総菜やお弁当などですませていたのだ。玲沙と違って、自分はほとんど料理の手伝いをしなかったので、そこは反省するところなのだけれど。

玲沙のから揚げをさりげなく強奪したことみが、おっとりと笑いながら言う。

「真野ちゃんのお母さんって、まだ四十くらいなんでしょ？　相手の人はいくつなの？」

「四十二、三って言ってたかなぁ……。束沙情報だと」

「お母さんに直接訊《き》かなかったの？」

玲沙の動きがぴたりと止まった。眼鏡を押し上げた彼女は、残っていたビールをゆっくりと飲み干してから「実は」と言う。

「そのことについて、ちょっとやり合っちゃってね……」

「ええ？」

調理器具の手入れをしていた碧は、驚いて声をあげてしまう。碧とことみ、そして何気なく話を聞いていた大樹の視線を受けて、玲沙は気まずそうに続ける。

「束沙の話を聞いて、わかったわけ。夏休みに帰省しろってしつこく言われた理由がね」

「ああ、もしかして紹介したかったのかな」

碧の言葉に、玲沙は「たぶんね」とうなずいた。

「弟たちに話したのが春くらいだったたっていうから」

「でも紹介されなかった……？」

「物言いたげな顔はしてたんだよ。でも結局、私が帰る直前になっても黙ったままでさ。埒《らち》が明かなくてこっちから訊いたんだけど、苛《いら》立《だ》ってたからちょっとキツい言い方になっちゃって……」

再婚という、人生の大事な選択。弟たちは知っているのに、なぜ自分には伏せていたのか。玲沙はそれがショックだったらしく、ついケンカ腰になってしまったそうだ。

そのせいで口論になり、仲直りすることなく東京に戻ってきたのだという。

（親の再婚……。わたしには経験がないから、どう言えばいいんだろ）

思春期ならまだしも、玲沙はすでに二十一だ。わけもなく、ただ嫌だというだけで反対するほど子どもではない。ショックだったのは再婚そのものというより、自分には何も話してくれなかったという事実のほうなのだろう。

碧は少し考えた末、言葉を選びながら口を開く。

「デリケートな話だから、言いにくかったんじゃないかな。女同士だからこそ、打ち明けるのに勇気がいることもあるし。玲沙とお母さん、親子っていうより友だちみたいな感じなんでしょ？」

「うんうん、仲がいいから余計にってこともあるよね」

碧がフォローすれば、ことみも同意するように言葉を添える。

「もしわたしにそういう人がいて、真野ちゃんたちに紹介したいって思ったとき、もし気に入ってもらえなかったら怖いもの。友だちにはやっぱり認めてもらいたいよ」

「それはわかるけど……。あーもう、どうしてこうなっちゃうかなあ」

玲沙は困ったように頭を抱え、カウンターに突っ伏した。今夜は酔いが回るのがはやいのか、少し舌足らずになっている。

一杯でやめておいたほうがいいなと思った碧は、カウンターに置いてあったお酒用のお品書きをそっと取り上げた。

それを見た大樹は、さきほど機械でしぼったオレンジジュースの残りをグラスに注ぐ。そのあとにカシューナッツを乾煎《からい》りして、鶏肉《とり》やパプリカと合わせて炒《いた》めると、お皿に盛ったそれをジュースと一緒に玲沙の前に置いた。

「いまはこれだけ食べておけ。柑橘類とナッツは二日酔いの予防にもなるから」

「うう……ありがとうございます」

玲沙はジュースを一口飲み、できたての炒めものに箸《はし》をつける。もちろんことみも横からさっと手を伸ばし、嬉しそうに頬張った。

(雪村さん、あいかわらず気遣いがうまいなあ)

大樹のそれはいつもさりげなく、そしてとてもスマートだ。

玲沙やことみのような常連ともなると、おつまみなどの注文は大樹にまかせることも多い。彼は常連の好みを知り尽くしている上に、体調やお腹のふくれ具合も察して臨機応変に対応してくれる。これは長く通っているからこそできること。

――わたしもいつか、雪村さんみたいに上手な気遣いができる人になりたい。

「真野さんは、お母さんの再婚には反対なのか？」

大樹の問いかけに、手を止めた玲沙は少しの間を置き「いえ」と答えた。

「それは別にいいんです。離婚から九年もたってるし。母はまだ若いし、そういう人ができたなら、むしろよかったと思います。――とはいっても、この目で相手の人柄を見極めないことには断言できませんけど」

「まあそうだな」

「先に会った弟たちが言うには、いい人そうだったみたいですけどね。すごくおいしいラーメン屋さんに連れていってもらったって。でもこういうときって、普通はもう少し改まった場所にしません？」

「親しみやすくていいじゃないか。ラーメン美味《うま》いし」

「こってり背脂《せあぶら》とんこつラーメンは私も食べたかった……じゃなくて。弟たちはおいしいものを食べさせてくれる人に弱いから、いい人だって言われても簡単には信用できないんですよ。やっぱり私が自分で確認しないと」

ふうっと息を吐いた玲沙は、残っていたオレンジジュースを飲み干した。大樹は「だったらもう一度、お母さんと話してみるんだな」と言う。

「いつまでも意地張って、これ以上こじれたらどうする。こういったことは時間がたてばたつほど気まずくなっていくぞ。いまのうちに仲直りして、あらためて紹介してもらったほうがいい」

「そう、ですね……」

グラスをぎゅっと握った玲沙は、何かを決意したように顔を上げた。

「よし！　今夜のうちに電話かけてみる！　それでちゃんと紹介してもらおう」

「うん、それがいいよ。うまくいくといいね」

碧が微笑《ほほえ》んだとき、戸が開いて新しいお客が入ってくる。その話はそこで終わり、穏やかに夜が更けていった。


――あのときはたしかに、ラーメン屋はどうなのかと思ったけど……。

「ゆきうさぎ」でそんな話をしてから、約十日。

大学がはじまり、あわただしくなった土曜日のこと。玲沙は自分のアパートに備えつけられたクローゼットの前で、手持ちの洋服とにらめっこをしていた。床に散らばる何枚もの服は、今回の行き先にはふさわしくないと却下したものだ。

（ここはやっぱりスカートかなあ。でもあんまり種類がないんだよね。オーソドックスに清楚《せいそ》なワンピース……なんて持ってないよ！）

スカートが苦手でパンツスタイルが多い玲沙は、いざというときに着られる服がとても少ない。ことみに頼んで借りようかと思ったが、たぶんサイズが合わないだろうとあきらめた。彼女は自分よりも背が高く、そのうえ腹が立つほどウエストが細いのだ。小柄な碧の服も、明らかに着られないので却下する。

もう子どもではないのだし、そういう服の一着くらいは持っておくべきだった。

——次の休みには、碧とことみを誘って買い物に行こう……。

「凪沙たちはラーメン屋だったのに、なんで私はホテルのレストランなわけ？」

服をとっかえひっかえしていると、思わず声に出てしまう。

以前に大樹や碧、ことみと話したあと、アパートに帰った玲沙は母に連絡を入れた。

『あの、お母さん。このまえはキツいこと言っちゃってごめん』

電話だと表情が見えないので、反応が返ってくるまでが怖い。

『再婚は許せないとか、ダメだって思ってるわけじゃないんだよ。相手の人とはもう三年くらいのつき合いなんでしょ？　きっといろいろ考えて決めたんだろうし。でも、大事なことだからこそ、やっぱりお母さんの口から話してほしかったなって』

言葉を選びながら、自分の気持ちを伝える。

しばらくの沈黙があった。まだ怒っているだろうかとびくびくしていると、やがて『私のほうこそごめんね』という、力のない声が聞こえてきた。

『玲ちゃんに反対されるのが怖くて、なかなか言い出せなかったの。もちろん、胸を張って紹介できる人よ？　でも、親のこういう話を受け入れてくれるのかなって』

『まあ……正直に言えば驚いたけど。お母さんまだ若いんだし、連れ添ってくれる人が見つかったならよかったじゃない？　反対なんかしないよ』

『ありがとう。そう言ってもらえると嬉しい』

そしてあらためて、再婚相手になる人と会いたいと告げると、母はほっとしたような声音《こわね》で『わかった』と言った。次に電話がかかってきたのは三日後で、土日に東京へ行くから、三人で食事をしないかというお誘いだった。

『都合が合えばだけど……どう？』

まさかこんなに早く実現するとは思わなかったため驚いたが、土曜はバイトが入っていなかったので受けることにした。

『お店は日下部《くさかべ》さんが予約しておいてくれるって』

母の相手の名前は、日下部一史《かずし》。

年齢は四十三で、母が働く弁当屋の近くにある会社に勤務。結婚歴はなし。そこまでは束沙から聞き出していた。

ごく普通の会社員で、お金持ちというわけでもない。加えて双子の話も頭に入っていたので、自分も似たような店に連れていかれるのだろうと思っていた。

しかし、後日メールで送られてきた待ち合わせ場所を見て、玲沙は一気に緊張することになる。そこは老舗《しにせ》ホテルの高層階にある創作フレンチレストランで、双子が連れていってもらった店とは明らかに趣《おもむき》が違っていたのだ。

(いや……まあ場違いってわけでもないか。むしろ妥当?)

それにしても、日下部さんとやらはいったい何を考えているのだろう?

「わ、まずい。時間が」

壁の時計を見た玲沙は、あわてて支度の続きに戻った。

ドレスコードがある店ではないけれど、ジーンズで行けるようなところでもない。迷った末、玲沙は就職活動用に買っておいた黒のリクルートスーツに手を伸ばした。少し堅苦しいが、これなら絶対に失敗しない。

(あっ!　ちょうどいいバッグがなかった!)

しかたなく、スーツと一緒に買ってあった肩掛けバッグを持っていくことにする。

時間が迫っていたので、手早くメイクをして髪をとかす。ジャケットをはおると五センチヒールのパンプスに足をつっこみ、あわただしくアパートを飛び出した。

タイミングよく電車を乗り継げたおかげで、なんとか時間内に目的のホテルにたどり着く。待ち合わせ場所はロビーのラウンジで、フロントの近く。広いロビーに入ってきょろきょろしていると、「玲沙」と声をかけられた。

家では「玲ちゃん」と呼ぶ母だが、外は人の目があるため呼び捨てにする。ふり向くとすぐそこには、落ち着いたワンピースを着た母の響子《きょうこ》が立っていた。

母は玲沙の格好を見て、不思議そうに首をかしげる。

「なんでスーツ？　暑いでしょ。普段着でよかったのに」

「ちょうどいいものがなくてね……」

「そんなに畏《かしこ》まる場所でもないと思うけど。日下部さんまで同じだし」

視線を向けると、母の少し後ろにはライトグレーのスーツに身を包み、ネクタイもしっかり締めた四十代くらいの男性が立っていた。

一歩、前に出たその人は、玲沙に向けてぺこりとお辞儀をする。

「玲沙ちゃ……いや、玲沙さんですね。は、はじめまして。日下部一史と申します」

「はじめまして」

「えーと、急なことで驚かれたでしょうが、この機会にぜひともお話がしたくてですね」

「こちらこそ、このような場を設けていただいてありがとうございます」

玲沙はブラウスの襟《えり》元を直すと、礼儀正しく頭を下げた。大人になったのだから、挨拶《あいさつ》はきちんとしなければ。

「このためにわざわざ東京まで来てくださったんですよね？」

「いやいや、行こうと思えば日帰りでも大丈夫だし」

「母がいつもお世話になっております。このたびはご縁があったようで……」

きびきびと話していると、日下部はなぜかうろたえた。

相手が見るもあらわに緊張していたので、逆に冷静になってくる。

（この人がお母さんの相手かぁ）

戸惑ったように頰を掻《か》いているのは、どこにでもいる普通の「おじさん」だ。中肉中背で、髪が薄いわけでもお腹が出ているわけでもない。聞いていた年齢よりは、少しだけ若いように見えるだろうか。

下がり気味の目尻のせいか、顔立ちは優しくて穏やかそうな印象だ。押しが弱い感じもするが、亭主関白の元夫とうまくいかずに離婚したので、こういったタイプのほうが母には合っているのかもしれない。

しわひとつないスーツは新品をおろしたばかりなのだろうか。なんとなく、着慣れていない――というか、失礼ながらあまり似合ってないなと思った。

(この人、スーツよりもっとラフな格好のほうが似合うんじゃないかなあ)

そんなことを考えながらじっと見つめていると、日下部はますます緊張したように身じろぎした。その姿を見て我に返る。

これではまるで、相手の品定めをしている小姑《こじゅうと》のようではないか。

「玲ちゃん……小姑化してる」

母にも耳打ちされてしまい、玲沙は「うっ」とうめいた。視線をはずし、ごまかすように眼鏡を押し上げる。

「ええと……その、お店、予約してるんですよね？　行きましょう」

「あ、そ、そうですね。ではこちらへ」

右手と右足を同時に出しそうなぎこちなさで、日下部がエレベーターに向かって歩きはじめる。大丈夫なのかと心配になりながら、玲沙は母と一緒に彼のあとを追った。

「で、そのお食事会はどうなったの？」

自室のベッドの上でクッションを抱きながら、碧はスマホの向こうから聞こえてくる玲沙の声に耳をかたむける。

彼女が今夜、母親の再婚相手と食事をすることは知っていた。バイトが終わったあとに確認するとメッセージが届いていたので、自宅に帰ってから電話をしたのだ。

『あんまり盛り上がらなかった』

玲沙はずばりと言い切った。どうしてと訊くと、詳しく教えてくれる。

『日下部さん、お店に入ってからもずーっと緊張したままで、ほとんど話せなかったんだよ。いろいろ訊いてみたんだけど、どうにも要領を得ない答えばっかりでね。どんな人なのかも、いまいちよくわからなかった』

「それはやっぱり、相手が玲沙だったからじゃない？　小さな子ならともかく、もう大学生なんだし。だから余計に気を遣いすぎたとか」

『ああ、それだ！　気の遣いすぎ！』

思い当たることがあったのか、玲沙の声が一トーン高くなった。

『初対面からなれなれしいのも嫌だけど、ずっとガッチガチのままでもねー。こっちもどうすればいいのかわからなくなるし。食事のあと、母親から弟たちとは気さくに話してたって聞いてびっくりしたくらいだもん』

「へえ……。男の子と女の子の違いかな」

『どうだろうね。でも日下部さん、そんなに女性に慣れてない感じはした。今日行ったお店も、きっと頑張って選んだんだろうなーって。お洒落でいいところだったけど、日下部さんには似合わない』

「はっきり言うね……」

『だってほんとにそう思ったから』

玲沙は何事にも物怖《ものお》じしない性格なので、自分の意見はきっぱり伝える。そんなしっかりとしたところに、日下部は気圧《けお》されてしまったのかもしれない。女性に慣れていないのなら、なおさらだろう。

『たぶんあの人、弟たちと一緒に行ったラーメン屋が本来のテリトリーなんだよ。だから気負わずに話もできたんじゃない？　今日のお店はもちろんおいしかったけど、私にもちょっと上品すぎた。お皿は大きいのに、どれもちょこんとしか盛られてなくてね。お肉とか、もっとガッツリ食べたかった……』

「あはは。足りなかったんだ？」

『これがことみだったら、すんなり馴染《なじ》むんだろうけどね』

言われてみればたしかに、玲沙にフレンチのイメージはない。

彼女の好みは、どちらかというと男性的だ。女性が多いカフェやイタリアンなどのお店より、渋い居酒屋や「ゆきうさぎ」のような落ち着いた小料理屋で、ビールジョッキを手にしているほうが、はるかに居心地がいいらしい。

日下部はそんな彼女の嗜好《しこう》を知らないので、若い女性が気に入りそうな店を、悩んだ末に選んだのだろう。玲沙の母にたずねればよかったのにとも思うが、おそらくそこまで気が回らなかったに違いない。

(話を聞く限り、気は弱めだけど誠実でいい人そうな感じがする)

ずばずばと言ってはいるが、玲沙も相手のことを悪くは思っていないはずだ。二年以上のつき合いだから、雰囲気でそれはわかる。

玲沙の実父は曾祖父《そうそふ》の時代に興した会社の跡取りで、大きな一軒家で裕福に暮らしていたそうだ。しかし性格の不一致から、両親の仲は年がたつにつれ険悪になっていく。母子家庭で育ち、学歴も低かった玲沙の母を、祖父母がよく思わなかったことも破綻《はたん》の原因になったと聞いている。

『うちの祖父母、プライド高かったからね。家に来るたびに母に嫌味ばっかり言ってたのよ。父親もフォローのひとつくらい入れればいいのに、なんにもなし。お母さんは笑って流してたけどさ』

玲沙は軽い口調で話していたが、両親が離婚したときはまだ小学生だったというから、つらかっただろうと思う。彼女が教育学部に入って教職をとろうと考えたのも、最初の理由は祖父母を見返すためだったとか。

『前にね、ここそ話してたのを聞いちゃったわけ。響子の娘に、いい大学に入れるような頭があるはずないとかなんとか。そりゃーもう悔しくてさ。あのときはいまに見てろよって思った。でも、最近はそうでもないかな』

負けず嫌いの玲沙は、猛勉強して県内でも上位の高校に入学した。すでに祖父母とは縁が切れていたが、だからといって気をゆるめることはなかった。安定した職について母親を支えたいというのが、彼女の願いだったから。

『ずっと働き詰めだからね。私が就職すれば、少しは楽になるかなって』

『親のありがたみって、大人になってからやっとわかるんだよね……』

『そうそう。子どものうちはなかなか実感できなくてさ』

それがわかるようになってきたのなら、自分たちも少しは成長しているのだと思う。

晴れて大学に入り、家庭教師のバイトで教えることの楽しさにめざめてからは、祖父母への対抗心が薄れていったようだ。実父も浮気をしたり暴力をふるったりはしていないが、仕事第一で性格も冷たかったので、好きにはなれなかったらしい。

だから玲沙は、大学でも実父と同じタイプの男子学生に出会うと、あまりよい顔をしない。しかし日下部は違っていたようなのでほっとした。

「お母さんたち、今夜はこっちに泊まるの？」

『うん。日曜はちょっと観光して、夕方には帰るって。私は五時までバイトがあるから見送りは無理そうだけど』

「そっか。次に会うときはもっと話せるといいね」

『次か……。大学もあるし、帰省は年末になるだろうな。できればそれまでにもう一回は会いたいんだよね。養子縁組したら、法律上とはいえ父親になる人だし。せめて普通に話せるくらいにはなっておきたい』

「だよね……」

うなずいた碧は、クッションを抱きしめたままごろりとベッドに転がった。

（そういえば、前に心理学の講義で……）

ランチョンテクニックという言葉が、心理学には存在する。

食事をしながら会話をすると、相手によい印象を持ちやすくなるそうだ。食事をするときの楽しさや、おいしい料理の味などが、相手と結びついて好印象を与えるらしい。ビジネスから恋愛にいたるまで、さまざまなシーンで活用されている方法だ。

もちろん、必ず成功するとは限らない。相手の好みや店選びを間違えると、今回の玲沙たちのように逆効果となってしまう。しかしうまくいけば会話がはずみ、相手との距離も縮まるはず。

二回目に会うとなると、場所はどこがいいのだろう。格式ばったお店は、玲沙たちには似合わない。お互いの緊張を解きほぐし、気楽に会話ができる場所。そこにあたたかくておいしい料理があれば、きっと楽しい時間を過ごせる。

(――あ)

ぴんときた碧は、勢いよく上半身を起こした。「玲沙！」と呼びかける。

「『ゆきうさぎ』に来ればいいんだよ。日下部さんと一緒に」

『えっ？』

「あそこなら家庭的だし、日下部さんもそんなに緊張しないんじゃないかな。玲沙も通い慣れてるから気が楽でしょ？　雪村さんの料理はおいしいし、お酒もいいものがそろってるよ。ビール大ジョッキもぐいっといける！」

碧のプレゼンに圧倒されていたのか、しばらく黙りこんでいた玲沙は、やがて『なるほど』とつぶやいた。

『いいかもね、それ。朝になったら連絡してみるよ』

「決まったら教えてね。雪村さんにも言っておくから」

そこまで話したところで、碧は通話を切ってベッドに入る。そして数時間後に目が覚めたときには、玲沙から可愛いスタンプとともにメッセージが届いていた。

〈来週の土曜日に、また来てくれることになったよ。「ゆきうさぎ」に食べに行くからそのときはよろしく！〉


そしてきっちり一週間後――の一日前。

金曜の夜なので、「ゆきうさぎ」は開店時からにぎわっていた。常連客はもちろん、一《いち》見《げん》客も多く、大樹が用意した料理は飛ぶように売れていく。

それでも二十一時を過ぎればお客は減る。二十二時が近くなると、残っているのは小上がりで大樹が仕入れたばかりの吟醸酒《ぎんじょうしゅ》を試す日本酒通の常連と、テーブル席で話に花を咲かせる三十代くらいのカップルが一組だけになった。

さきほどまでのにぎわいとは打って変わった、静かな時間。活気があるのも楽しいけれど、穏やかに流れるこのひとときも心地よくて好きだった。

「タマ、真野さんたちは明日の夜に来るんだったよな？」

厨房《ちゅうぼう》にいた碧に、A5サイズのノートを手にした大樹が話しかけてきた。ノートは仕入れメモで、補充するべき食材と量が日付別でまとめられている。

「はい。できるだけ混まない時間がいいそうで、開店してすぐになると思います」

「わかった。日下部さん、だったかな。食べ物の好き嫌いは聞いてるか？　知ってるようなら、明日の仕入れに反映させる」

「玲沙が聞き出したところによると、白身の魚がお好きだそうですよ。あとは緑茶」

「緑茶？」

「実家がお茶農家とのことで」

「ああ……そうか。静岡だからな」

大樹が納得したようにうなずいたとき、ガラガラと戸が開いた。腕まくりしたYシャツにゆるめたネクタイといういでたちの、見知った男性が顔を出す。

「こんばんはー。さすがにこの時間になると静かだね」

「いらっしゃいませ、花嶋《はなしま》さん」

彼は「ゆきうさぎ」の常連で、碧の父とは飲み仲間でもある人だ。今夜は誰かと一緒なのか、背後をふり返って何事か声をかけている。

「とにかく、グダグダ言わずに入ればいいんですって」

やがて相手の腕をとった花嶋は、半ば強引に中へと入ってきた。腕をつかまれているのは、花嶋と同じ四十代前半に見える男性だ。特に目立った特徴はなく、くたびれたスーツを着ていて、いかにも仕事帰りといった雰囲気だった。

(花嶋さんの知り合いかな?)

常連が一見客を連れてくるのはよくあることだ。その一見客がまた新しいお客を連れてきて……「ゆきうさぎ」が繁盛《はんじょう》しているのは、そういった縁のおかげでもある。

落ち着きなく店内を見回す男性を、花嶋がカウンター席へ引っぱっていく。ふたりが並んで腰かけたところで、碧はお茶とおしぼりを差し出した。

「お仕事お疲れさまです。はじめての方ですよね?」

「あ、ええ。どうも」

男性が会釈すると、すでにどこかで飲んできたのか、赤ら顔の花嶋が口を挟む。

「この人、店の前で猫に襲われてたんだよ」

「は……!?」

目を丸くする碧と大樹に、花嶋は笑いながら続けた。

「ほら、いつものパンダとトラ。両足にじゃれつかれて身動き取れなくなっててさ。困ってたからちょっと手助けを」

パンダとトラ。武蔵《むさし》と虎次郎《こじろう》以外にありえない。

あの少し不思議な猫たちは、「ゆきうさぎ」に縁がある人々を（強引にでも）店に導く招き猫のようなものだと思っている。そうなると目の前にいるこの人も、何か関係があるのだろうか。

「じゃあ花嶋さんのお知り合いじゃないんですか？」

「初対面だね。中に入りたそうな顔してたから連れてきただけ」

碧たちの視線を受けて、男性は「実はそうなんです」と苦笑した。湯気立つお茶を一口飲むと、気持ちが落ち着いてきたのか、表情が穏やかになる。

「仕事が終わったあと、すぐに電車に飛び乗ったんですよ。家は静岡なんですが」

「出張か何かですか？」

「いえ、仕事ではないんです。その……事前のリサーチというか。明日、この店で食事する予定がありまして。はじめてなので、どんな店なのか確認したかったんです」

（あれ？）

そこまで聞いたとき、碧は小首をかしげた。これはもしや――

「あの……。失礼ですが、日下部さんですか？」

男性は驚いたように目を見開いた。ぽかんとする彼に種明かしをする。

「わたし、玉木《たまき》と申しまして、真野玲沙の友人なんです。彼女から日下部さんたちがいらっしゃることは聞いていたので」

「ああ、なるほど。そうだったんですね」

ほっと息を吐いた日下部は、少し気まずそうな顔になった。

「ということは、もしかして先日の話もご存じなんでしょうか。玲沙ちゃ……玲沙さんと食事に行ったときのこと」

「……すみません。そのあたりのこともぜんぶ聞きました」

「あ、若女将さんがあやまることじゃないですから」

「えっ！　ち、ちがいますよ。わたしはバイトなので」

思い返せばつい最近も、同じようなやりとりを別の人とした。とっさに大樹に目をやれば、彼は何食わぬ顔で花嶋が頼んだ料理の準備をしている。

常連さんにとっては「バイトのタマちゃん」以外のなにものでもないけれど、一見さんにはそう見えるのだろうか？　聞こえているとは思うが、大樹の態度はいつも通りで、それが少しもどかしい。

あたふたする碧の姿が微笑ましかったのか、日下部の口角がわずかに上がる。

「ふーん。なんだかワケありみたいだな」

お通しの半熟煮卵をつつきながら、花嶋がにやりと笑った。彼は日下部にお酒のお品書きを差し出すと、「とりあえずは飲みましょう」と誘いをかける。

日下部は飲める人だったようで、ビールの中瓶《びん》を注文してきた。

(玲沙と同じ……)

これはいい傾向だ。嬉しくなった碧は、はりきって瓶ビールの栓《せん》を抜く。注ぎ方は完璧にマスターしているので、ビールと泡の黄金比もばっちりだ。

「碧ちゃん、あとはこのキムチとチーズの餃子《ぎょうざ》も追加で。新メニューだよね？」

「そうですよー。少々お待ちくださいね」

大樹に注文を通すと、彼は棚からフライパンをとり出した。

白菜キムチとチーズをもっちりとした皮で包んで焼いた餃子は、家庭でも簡単につくることができる。大樹のそれには羽根がついているので食感もパリパリだ。蒸し焼きにしていたフライパンの蓋を開け、ゴマ油を回しかけると、じゅわっという音とともに風味豊かな香りが広がった。

「お待たせしました！」

餃子をのせたお皿を運ぶと、花嶋と日下部は分け合って食べはじめる。

「おお、美味い！　キムチだから味もしっかりついてるし」

「ビールにも合いますねえ」

料理を気に入ったのか、食が進んだ日下部のジョッキはいつの間にか空になっていた。さらにもう一杯、自分で注ぎ入れる。その表情は来店したばかりのころに比べてほころび、顔もほんのりと赤くなっていた。

そして、三十分後——

「……というわけで、ついてなかった割り箸を取りに行ったら、響子さんが対応してくれたんですよ。お詫《わ》びとしてから揚げをひとつ、おまけにつけてくれて」

「ほほう。それがきっかけで話すようになったと」

（は……花嶋さん。まさかこれが目的で）

日下部がすっかり酔っぱらったころを見計らって、花嶋は言葉巧みに玲沙の母とのなれそめを聞き出していた。こういった話に嬉々《きき》として食いつくのは、男女問わず、いくつになっても同じらしい。花嶋にとっては絶好の酒の肴《さかな》なのだろう。

「仕事で疲れてたから自炊もあまりできなくて、弁当はよく買ってたんです。響子さんが勤めている店は値段も安いし、どのおかずも素朴《そぼく》でおいしいんですよ」

「ひとり暮らしだとなかなかむずかしいですよね。自炊は」

大樹が酔い覚ましのお茶を淹《い》れ、日下部の前に湯呑《ゆの》みを置く。

「自分もここで働きはじめたばかりのころは、普段の食事は先代の女将に頼りっぱなしでしたよ。店で出す料理は少しずつ覚えていきましたけど、大学に通いながらだったので時間がかかりましたね」

「へえ、想像がつかないな……。僕はかれこれ二十年もひとりで暮らしていますけど、お恥ずかしながら料理はいつも適当で。残業で帰りが遅かったりすると、いちいちつくるのが面倒になるんですよ」

「わかります。場合によっては自炊のほうが高くつくこともありますしね」

料理が本職の大樹や、家族などと同居している人、もしくは趣味として楽しんでいる人でもないと、毎食きっちりつくるのはきついだろう。お金があればお弁当やお総菜を買えるので、食べるのには困らなくても栄養は偏《かたよ》りそうだなと思う。

「お弁当もいいですけど、野菜はちゃんと摂《と》ってます？　青魚とかも」

「はは。それ、響子さんにも心配されました。だからときどき、おかずをつくって渡してくれるんですよ。野菜たっぷりの」

「いいねえ。俺、奥さんに優しく気遣ってもらったことなんて、最近あったかなー」

妻子持ちの花嶋が、遠い目でグラスに口をつけた。同い年だとわかってからは、日下部相手にも口調が砕けている。

「で、その響子さんとはいつ入籍するの？」

「いまのところは、年が明けてからの予定で……。凪沙くんと東沙くんがいるので同居はしません。いきなりこんなおじさんが押しかけてきても迷惑でしょうし」

「別居かー。それはちょっとさびしいな」

「近くに引っ越すつもりではいるんですよ。歩いて通えるくらいのアパートにでも」

その話をラーメン屋で凪沙と東沙にしたところ、彼らは「高校を卒業したら出て行くから、そのあとにうちで母さんと一緒に住めばいい」と言ったそうだ。

凪沙は東京の大学に進学することを希望していて、進路が未定の東沙も、気を遣ってひとり暮らしをすると決めているという。

「なんだか追い出すみたいで申しわけないんですけど」

「それは気にしなくてもいいと思うなあ。息子くんたちの純粋な厚意なんだから、ありがたく受け取っておきなよ。その歳で自立するのは妥当だし、息子くんたちにとってもいい経験になるんじゃないの」

花嶋の話に、日下部は真剣な表情で聞き入っている。

「でもこれが娘となると、ちょっとためらうかもな」

「というと？」

「うち、中三と小二の子がいてさ。どっちも女の子だから、十八になったら家を出ろとは言えそうにない……。上の子はまだ反抗期中だからあれだけど、それでもやっぱり可愛いんだよ。甘いよなーとは思うけど」

苦笑した花嶋の顔は、すっかり優しいお父さんのそれになっている。「娘か」とつぶやいた日下部は、何かを思い出すように目を細めた。

「響子さんの娘さんは、ものすごくしっかりしていたな……」

「玲沙ちゃんか。俺もこの店で会ったことあるけど、はきはきした子だよな」

日下部は「そうなんです！」と言って頭を抱えた。

「だから余計に緊張して、ろくに話ができなかったんですよ。相手はもう成人してるし、失礼があったらまずいと思って……。顔合わせの店も必死になって選んだんですけど、結果は空回りで。こんなことなら、もっと身の丈に合った店にすればよかった」

やはり彼は、先日のことをかなり気にしているようだ。

その口ぶりからして、玲沙を結婚相手の娘であると同時に、ひとりの大人と認めて最大限に気を遣ったのだろう。不器用だけれど、とても真面目で優しい人だ。

「玲沙はお洒落なフレンチのお店より、気楽な居酒屋のほうが好きな子ですから。日下部さんも同じなんじゃないかって言ってましたよ」

「う……そ、それはたしかに。あわてて買った新品のスーツも、どうにも似合わなくて」

「慣れない場所だと落ち着かないし、気も張りますよね。だからぎこちなくなっちゃったのかも」

碧の言葉を聞いた日下部は、大きなため息をついた。

「響子さんに訊いておけばよかったな……。若い女性に受けがいいとはいっても、それが全員に当てはまるわけでもないのに。気が利かない上に口下手だなんて、頼りない男だってあきれられたでしょうね」

「そんなことないですよ。玲沙は別に、日下部さんのこと嫌ってるような感じはありませんでしたし」

しょんぼりとうなだれる彼にフォローを入れていると、大樹が日下部の湯呑みにゆっくりとお茶をつぎ足した。

「失敗したとしても、次があるじゃないですか。日下部さんの場合は明日ですね。真野さんも、また話したいと思ったからこの機会を設けたはずです。本当に嫌っていたらそんなことしないでしょう」

「……」

「大丈夫ですよ。普段通りにしていれば、きっと気持ちは伝わります」

大樹が穏やかに微笑むと、日下部もやがて、つられたように口の端を上げる。

「話を聞いてもらったら、なんだか気が楽になってきました。みなさんにお会いできてよかったです。ありがとう」

それからしばらくしてお開きとなり、花嶋は自宅、日下部はチェックインしたビジネスホテルに帰っていく。彼らを見送ると閉店時刻となり、碧は暖簾をとりはずした。

「明日、うまくいくといいなぁ」

「そのために、こっちもできることをやればいい」

「できること……ですか」

「具体的には居心地のいい空間を提供して、美味い料理と酒を出す」

それは飲食店としては当然の心構えであり、同時にとても大事な意識。あたりまえすぎて忘れがちだが、常に胸に刻んでおかなければならないことだ。大樹の言葉はふとした拍子に、たいせつなことを思い出させてくれる。

「日下部さんの好みもなんとなくわかったから、味付けも少し工夫してみるか」

「雪村さん、楽しそうですね」

腕が鳴るからなと答えた彼は、碧のために戸を開けてくれる。

「さっきの餃子の具、まだ残ってたよな……。今日はそれで賄《まかな》いにするか」

「いいですね！　あれ、わたしまだ味見してなかったから楽しみ」

ぱっと笑顔になった碧は、大樹と一緒に店内へと戻った。


そして日付が変わって土曜日となり、十八時を少し過ぎたころ、格子戸《こうし》が開いて玲沙が顔をのぞかせた。カウンターの外にいた碧と目が合うと、遠慮がちに言う。

「お言葉に甘えて来ちゃったよ。……いい？」

「もちろんだよ。どうぞどうぞ」

中に入ってきた玲沙は、普段と同じパンツスタイルにショートブーツを履《は》いていた。その姿を見て、そういえばもう十月になったのだと実感する。

彼女に続いて暖簾をくぐったのは、昨夜もやってきた日下部。そして玲沙がスマホに保存していた写真で見たことのある母親の響子だ。

日下部は肩の力を抜いたカジュアルなジャケットにズボン、響子はブラウスの上からカーディガンをはおり、黒いロングスカートを穿《は》いている。きれいにお化粧した顔はどことなく、玲沙に似ている気がした。

四十を過ぎているとのことだが、実際に会ってみると、響子は思っていたより若々しかった。成人した娘がいるようにはとても見えない。日下部も昨夜のスーツ姿より、いまの服装のほうがずっと生き生きしていて似合っている。

『僕がここに来たこと、できれば内緒にしておいてもらえませんか？　……事前に偵察に行ったなんて、ちょっと恥ずかしいですから』

　昨日の帰りぎわにそう頼まれたので、碧は素知らぬ顔で初対面を装う。

「はじめまして。玉木です」

「こんばんは。その、いいお店ですね。はじめてだけど！」

（なんだかバレバレの演技だけど、大丈夫かな）

　響子は近づいてきた碧を見て、嬉しそうに顔を輝かせた。

「碧ちゃん、やっと会えて嬉しい！　いつも玲沙と仲良くしてくれてありがとう。暇があったら、ことみちゃんと一緒に遊びに来てね。大歓迎だから」

「ありがとうございます。近いうちにぜひ」

「あ、そっちのお兄さんはご店主？　玲沙から、『ゆきうさぎ』のご店主は若くてイケメンだって聞いて楽しみにしてたのよ。ほんとに噂《うわさ》通りねえ」

「年齢はともかく、顔は普通だと思いますよ」

　大樹は少し照れ笑いをしながら、気さくに答えを返している。

「そうそう、お正月はお世話になりました。おせち料理、感動的なくらいにおいしかったですよ。息子たちがむさぼったから、あっという間になくなっちゃって」

「よろこんでいただけたようで何よりです」

「あ、これお土産です。仕事先のお店で売ってる日本茶。よろしければ」

「ご丁寧にどうも。立ち話もなんですし、どうぞお座りください」

大樹の目配せを受けて、碧は三人をテーブル席へと案内した。カウンター席も空いているが、向かい合ったほうが話しやすいだろうとの配慮だ。

玲沙と響子が並んで座り、その正面に日下部が腰かけると、碧はいつものようにお茶とおしぼり、そしてお通しを運ぶ。最初の一杯はどうするかとたずねると、玲沙と日下部が口をそろえて言った。

「それじゃ、ビール中瓶で」

ふたりは驚いたように顔を見合わせる。

「あら、気が合うじゃない。私はどうしようかしら」

微笑んだ響子はお酒が飲めないとのことで、ウーロン茶を頼んだ。それから各自が好きな料理を何品か注文する。日下部は昨夜のキムチとチーズの餃子が気に入ったのか、しっかりオーダーの中に入れてきた。

「あとはご店主のおすすめで、何かあれば」

「ご飯ものはいかがですか？　〆に一品」

日下部は「いいですね」とうなずいた。厨房に戻って注文を通すと、碧は大樹と一緒に準備にとりかかる。大きなジョッキにビールを注ぎ、ウーロン茶と一緒にテーブル席に持っていくと、三人は響子の合図で乾杯した。

ふたつのジョッキとひとつのグラスが触れ合う、小気味よい音。これは上品な店ではできないことだ。ジョッキに口をつけ、ビールを飲んだ日下部と玲沙は、同じようなタイミングで満足そうに息をつく。

「ああ……やっぱり最高だなあ」

「碧の注ぎ方、上手ですよねー。ぜんぜん味が違う」

「いいわね。私もお酒飲んで気持ちよくなってみたい」

至福の表情を浮かべるふたりを、響子がうらやましそうに見つめる。

「しかたない。私はひたすらお料理を楽しむわ。どれもおいしそう」

二日ほど寝かせて味をなじませた小肌《こはだ》の酢締めに、あぶった豆腐に特製の味噌《みそ》ダレを塗って焼いた田楽《でんがく》。醤油《しょうゆ》ベースのタレにつけこんで、からっと揚げた地鶏の竜田揚げや昨夜の餃子といった料理を、三人はおいしそうに平らげていった。

「腹減ったー。タマちゃん、とりあえずいつものちょうだい」

「あ、いらっしゃいませ」

時間がたつにつれ、ぽつぽつとほかのお客もやってくる。

応対のためしばらく目を離していたが、余裕ができたときにテーブルを見ると、三人の表情はやわらいでいた。なごやかに会話を交わしている。前の店では緊張したという日下部もときおり笑顔を見せながら、玲沙の話に耳をかたむけていた。

――うまくいった、かな……?

まだ遠慮はあるだろうが、傍目《はため》には楽しそうだったのでほっとする。カウンターの内側に戻ったとき、大樹もさりげなく三人の様子を気にしていた。

「真野さんたちのテーブル、だいたい食べ終わってたか?」

「そうですね。ジョッキも空になってたし、そろそろいいと思いますよ」

三人が店に入ってから、じきに一時間半が経過しようとしている。残るは〆の一品とデザートくらいだろう。

奥にある大きな厨房に向かった大樹は、すぐにバットを手に戻ってきた。そこには午前中に取り引き先の鮮魚店で仕入れておいた真鯛。店主おすすめの一尾を、仕込みの時間に大樹が捌《さば》き、柵取りにしておいたものだ。

（雪村さんの捌き方、丁寧なのにはやくてすごかったな）

目の上あたりが青っぽく、体にツヤがあるのは新鮮な証《あかし》。店主が自信を持ってすすめていたそうなので、身もしっかり引き締まっていることだろう。

出刃包丁を手にした彼は、ほれぼれするような手つきで真鯛を捌いていった。

『このアラで出汁《だし》をとったら、潮汁《うしおじる》ができるな。今日の特別メニューにするか』

『いいですねえ。鯛のエキスがたっぷり……』

『頭はやっぱり兜煮《かぶとに》か。臭みをとっておかないと』

大樹は真鯛の鱗《うろこ》とエラ、内臓を取り除いてから水で洗い、頭を落として手早く三枚におろしていった。それから骨をとって皮を引く。これでようやく、鮮魚売り場で見かけるブロック状態になる。そこまで終えた段階で冷蔵庫に保存していたのだ。

「タマ、煎茶《せんちゃ》の用意をしておいて」

はいと答えた碧が準備をしている間に、大樹は刺身包丁で真鯛の柵をそぎ切りにしていった。仕込みの間に炒《い》っておいた白ごまを粗《あら》めにすってから、煮切りをした酒とみりん、醤油を混ぜてタレをつくる。

煮切り――――火にかけて沸騰《ふっとう》させるのはアルコール分を飛ばすためで、こうしておくと仕上がりの風味がよくなるのだ。今回は分量が少ないので、電子レンジで加熱した。

切り分けた真鯛はタレにからめて味をつけ、大きめの茶碗《ちゃわん》によそったあたたかいご飯の上にのせていく。刻んだ小ネギと海苔《のり》、わさびにあられ、さらには贅沢に小さな宝石のように輝くイクラを盛りつけた。

「煎茶が入りましたよー」

土瓶の蓋を閉めた碧が笑いかけると、大樹もまた笑顔を見せた。

店が違うだけで、こうまで人の表情は変わるものなのか。

ジョッキを手にした玲沙は、内心で驚いていた。目の前の日下部は、先週に見せたおどおどした様子はまるでない。ビールでほろ酔いになっているからなのかもしれないが、玲沙の問いかけにはきちんと答え、逆に質問もしてくる。

(生き生きしてるなあ)

やはりこの人は、自分と同じくこういった家庭的なお店が落ち着くのだろう。

弟たちが連れていってもらったというラーメン屋でも、きっといまのように気さくに話していたに違いない。いい人だと断定した彼らの目利きは正しかった。食の好みが近いのは、玲沙にとってはかなりポイントが高い。

「それで……凪沙くんたちから聞いたかもしれないけど、一年半後には響子さんと一緒に暮らしたいと思っているんです。でも、玲沙さんの大学卒業とも重なりますよね。もし地元に戻ってお母さんと住みたいなら――」

「そこまで待たせておいて、邪魔者になったりはしませんよ」

玲沙は明るく笑った。母のことを支えたい気持ちは変わらないが、物理的にそばにいる必要は、もうないだろう。同じ家で暮らすことがなくなっても、自分と母が親子であることはゆるがない。たとえ遠く離れていても、お互いを思いやる気持ちがあれば、心はいつでもつながることができるのだから。

「実は私、卒業後も東京に住み続けるのもいいかなと思ってて。母のことが心配だから地元で就職する道も考えていたんですけど。日下部さんが母のそばにいてくれるなら、安心してまかせられます」

「玲沙ちゃ……いや、その」

「ちゃん付けでいいですよ。玲沙さんって言いにくいでしょ」

やわらかな空気に包まれたとき、大きなお盆を手にした大樹が近づいてきた。彼は大ぶりの茶碗を、玲沙たちの前にゆっくりと置いていく。

「これは……鯛？」

日下部の問いに「はい」と答えた大樹は、土瓶を手にしながら続ける。

「愛媛産の真鯛です。日下部さん、白身魚がお好きだと聞いて。イクラは響子さんの好物だと娘さんからうかがいました」

そういえば少し前、碧に母と日下部の好物をたずねられた。

「鰹《かつお》出汁をかけてもおいしいですが、今回はこれで」

大樹が土瓶をかたむけると、注ぎ口から流れた湯気立つお茶が、静かに茶碗を満たしていく。緑茶はここで向かい合う三人が好きなもの。それぞれの好物が調和することで完成した鯛茶漬けに、玲沙たちは釘付けになった。

「豪華ねえ」

母が嬉しそうに顔をほころばせる。

「でもこれ、お品書きにはなかったでしょう」

「ええ、特別メニューです。みなさんにはぴったりかと思いまして」

どうぞお召し上がりくださいと言って、大樹が厨房に戻っていく。玲沙たち三人は顔を見合わせてから、それぞれ箸をとった。

まずは鯛の薄切りを口に運ぶと、淡白で引き締まった身にゴマの風味が香るタレがしっかりなじませてあり、後味もよかった。薬味と合わせれば違った味わいを楽しむことができるし、お茶に浸したご飯はやわらかくなり、さらさらと食べられる。

お腹の奥がじんわりとあたたかくなって、玲沙はほうっと息をついた。

「おいしい……」

「贅沢ですね」

向かいの日下部は、口元がゆるんでとても幸せそうな表情をしている。きっと自分も同じなのだろう。しばらく沈黙が続いたが、それは決して嫌なものではない。おいしい料理に夢中になる時間は、穏やかな空気に満ちている。

やがて鯛茶漬けを完食すると、碧が食後のお茶を持ってきてくれた。母が大樹に差し入れした日本茶だという。三人でお茶をすすっていたとき、日下部が口を開いた。

「こうやって誰かと食事をするのはいいですね。ひとりはやっぱりさびしいですから」

――ああそうか。この人はずっとひとりだったんだ。

玲沙も実家を出てからは、誰もいない部屋で夕食をとることが多くなった。それまではあたりまえのように家族が一緒だったので、ひとりでご飯を食べていると、はじめのころは強い孤独感にさいなまれたことを憶えている。

次第に慣れてはいったが、夜遅くに無人の部屋に帰ると、真っ暗な室内を見て少しさびしくなることもある。家族と楽しく食事をしていた記憶があればなおさらに。

弟たちが独立したあと、実家の食卓につく母の姿を想像する。

向かいには日下部がいて、ふたりはきっと何気ない話をしながら、母がつくったご飯を食べるのだろう。それはとても平凡で、幸福な光景だった。

湯呑みを置いた玲沙は、「日下部さん」と呼びかけた。

「母のこと、末永くよろしくお願いします」

「え……」

「いまさら『お父さん』って呼ぶのは気恥ずかしいけど、あなたとは家族になれると思います。弟たちがいても気兼ねせずに、好きなときに母と会ってください」

「玲沙ちゃん」

「それで長いお休みのときに私が帰省したら、また一緒にご飯を食べましょう」

ぽかんとしていた日下部は、何を言われたのかを理解すると、そっと目を伏せた。その表情が嬉しそうだったから、こちらも優しい気持ちになる。

年末年始は絶対に、実家に帰ろう。できればおいしいおせちを持って。

第3話　肉だんごで験担ぎ

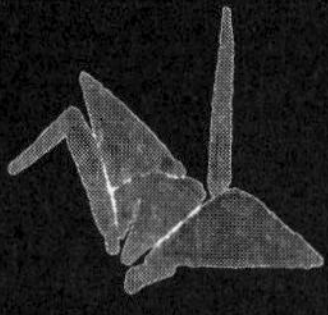

――ここは針の筵《むしろ》なのかもしれない。

そんなことを考えながら、菜穂《なほ》はひたすら時間が過ぎ去るのを待ち続けていた。

もちろん言葉の綾《あや》だが、それほどこの場にふさわしい表現もないと思う。

下に敷かれているのはふかふかの座布団だけれど、気持ちのよさはまったく感じない。自分にとっては鋭い針が突き刺さる筵なのだから、あたりまえだ。

（はやく帰りたい……）

飴《あめ》色の座卓に置いてあった湯呑《ゆの》みに手を伸ばし、お茶を口に含む。淹《い》れてから時間がたっているのですっかり冷めてしまっていたが、どうでもいい。誰も手をつけようとしない菓子鉢に手を伸ばし、どら焼きをひとつ引き寄せる。

すっかり秋めいてきた十月半ば。

菜穂は自宅のアパートでも、勤務先の書店や「ゆきうさぎ」でもなく、東京からも離れたとある料亭の宴会場にいた。今日は親戚の法事なのだ。

身に着けているのは四年前に買った喪服《もふく》。長く着られるしっかりしたものをとすすめられ、五万近くする一式を思いきって購入した。――はずなのに、すでにサイズが合っていないような気がする。

（ふ、太った……!?　一時期は痩《や》せてたのに！）

ウエストのあたりがそこはかとなく苦しいのは、気のせいではなさそうだ。

体重が増えたのは、「ゆきうさぎ」のバイトで、大樹《だいき》が用意してくれる賄《まかな》いをお腹《なか》いっぱい食べさせてもらっているからだろう。

大樹は人を太らせることが趣味なのか。事実、彼は痩せすぎよりはぽっちゃりしているほうが好みのようで、バイト仲間の碧《あおい》を手づくり料理で肥《こ》えさせようとしている。しかし相手は痩せの大食いだ。なかなか思い通りにはいっていない。

(で、そのあおりを受けて私がしっかり太ったと)

それでも食べることはやめられない。なんといっても、いまは食欲の秋だ。袋をはずしてどら焼きにかじりつくと、周囲の人々の会話が耳に入った。

「あらー。リョウくんの奥さん、三人目が生まれるの?」

「そうなんだよ。しかも待望の女の子でさ。もう楽しみで楽しみで」

「マナちゃんも来月、出産なんだよな。だからこっちには来られないんだろ。あの子いくつだったたっけ?」

「二十五くらいじゃなかった? ご主人は四つ上って聞いたけど」

「カイくんは大学出て、文具メーカーに就職したんでしょ? さすがねえ」

別の場所に視線を移せば、こちらでも。

「へえ、リホちゃんのところ家建てるんだ。いいなー。ダンナの給料が上がれば、私も新しい家に住みたいわ」

「三十五年ローンだけどね……。子どもの教育費も貯《た》めないといけないし大変だよ」

「ああわかる。うちの子は――」

和気あいあいと話しているのは、法事で一堂に会した母方の親戚たちだ。

祖父の十三回忌《き》だが、亡くなってからかなり年月がたっているので、しんみりとはするものの、生々しい悲しみは感じない。親戚たちも同じで、喪服に袖《そで》を通してはいるが、周囲はなごやかな空気に満ちている。

数年ぶりに集まったということもあり、会食後は近況報告に花が咲いている。久々なのだから、それは別におかしいことではない。問題なのは――

菜穂は座卓の下に隠した自分のこぶしを、わなわなと震わせた。

(なんでみんなそんなに充実してるの？　そうじゃないのは私だけ!?)

以前に顔を合わせたときには、歳《とし》が近いいとこやはとこたちは、まだ学生か社会人になったばかりだった。学校や勤務先などの差異はあったが、ここまで劣等感に襲われることはなかったのに。

うつろな目をした菜穂は、ここにはいない人に向けて語りかける。

――リリちゃん、やっぱりあなたの忠告を聞き入れるべきでした……。

思い出すのは、今年で三十三になる従姉《いとこ》の言葉。

『やめときな。どうせ梨穂《りほ》やほかのいとこと比べられて、肩身の狭い思いをするだけだから。私？　行くわけないでしょ。適当に言いわけして逃げる』

宣言通り、今日この場に従姉はいない。

東京二十三区内に住んでいる彼女とは、昔から実の姉妹のように仲がいい。菜穂が八丈島《はちじょうじま》の実家を出てからは、年に何度か食事に連れていってもらっている。

化粧品メーカーでバリバリ働いているので収入もあり、生活には困らない。それなのに親戚は、彼女が独身であるがゆえにうるさく口を出してくるらしい。本人は現状に不満はなく、その旨《むね》は伝えているのだが、なぜか意地を張っていると誤解されていた。それがうっとうしいのか、親戚の集まりにはめったに姿をあらわさない。

『菜穂もそろそろターゲットになりそうだね。覚悟しておいたほうがいいよ』

『ええっ！　私、まだ二十六だけど』

『たぶん、二十五過ぎたら言われるよ。うちのいとこたち、そろって早婚だし。梨穂だってもう子どもがいるでしょ』

『う……その通りです』

四つ上の姉はいまの菜穂と同じ年齢のときに結婚し、現在は二歳半になる息子がいる。義兄は安定した企業に勤めているので、よほどのことがない限り、路頭に迷うことはないだろう。親戚たちも満足しているに違いない。

しかし彼女の妹である自分は……。

『うちの親戚は時代錯誤《さくご》だからね。いまはこうだからって言っても聞いてくれないよ。だから悪いことは言わない。やめときな』

従姉の忠告を聞いた菜穂は、彼女と同じように行けない理由をひねり出し、法事を回避しようとした。しかし母に見抜かれて、あえなく却下されてしまったのだ。

『久しぶりなんだから顔くらいは出しなさい』

『でも……』

『おじいちゃんのお墓参りも、こんなときでないと行かないでしょ。誰かに何か言われても、聞き流しておけばいいのよ。何年かに一度しか会わないんだから』

実を言えば、母も親族たちのことを好いてはいない。

父と結婚を決めたとき、無遠慮に干渉されてうんざりしたからだと聞いている。そのため積極的な交流はしていなかった。今回は先方から熱心に誘われ、数年ぶりということもあって、しかたなく母の田舎に向かったのだ。

親戚たちがなぜ、それほど親しくもない自分たちを誘ったのかは、しばらく会話を聞いているうちにわかった。彼らはできるだけ多くの人を集めて、自慢したかったのだろう。自身が、もしくは息子や娘がいかに幸せで、充実した生活を送っているのかを。なんとなく、同窓会に嬉々《きき》として参加していた、自信にあふれた同級生を思い出した。

「――で、ナホちゃんはどうなの？　最近」

(ぐうっ)

ついに矛先《ほこ》が向いてしまい、飲みこんだばかりのどら焼きが喉《のど》につまる。

胸を叩いてお茶を流しこんでいると、近くに座っていた母が代わりに答えてくれた。

「見ての通り元気でやっていますよ。いまはうちを出てひとり暮らしをしているんですけどね。このごろは料理も上手になってきて」

(お母さん……)

母の優しさに、じんわりと心があたたかくなる。

「前よりもだいぶしっかりしてきたので、私も安心しています」

自分のことを誰よりも心配して、気遣ってくれているのは間違いなく両親だ。姉のように順風満帆《まんぱん》な道を歩んできたわけではないので、本当は不安な気持ちもあるだろう。それでも母は、娘のために「安心している」と言ったのだ。

「そうそう。菜穂ちゃんの料理、すごく上達してたからびっくりしちゃった。このまえご馳走《ちそう》してもらったロールキャベツもおいしかったし」

車のおもちゃで遊ぶ甥《おい》っ子につき合っていた姉も、掩護《えんご》をしてくれる。

だが親戚たちはその答えでは満足できなかったようで、菜穂に向けて質問を続けた。

「ひとり暮らしってことは、まだ結婚はしてないの？」

「ええ……そうですね。でも東京じゃ普通だし、焦る歳でもないので……」

（やっぱり、気になってるのはそこなんだ。最初に訊《き》いてくるくらいだし）

「おつき合いしている人とかは？」

「いまは特に」

一年前に別れて、それ以降は何もないだなんて言いたくない。

あまり思い出したくない過去がよみがえり、むかむかしていると、母の兄である伯父が渋い顔になった。祖父が亡くなってからは家長となり、一族をとりまとめている人だ。地元では名士として知られているが、頭が固くて気むずかしいので苦手だ。

「だったら仕事は何をしてるんだ。それなりの会社に勤めているんだろうな？　大学まで出ておいて、非正規だの無職だのとは言わせない」

どう答えればいいのか迷っていると、伯母の紀美栄《きみえ》がとどめをさす。

「あなた、資格は持ってないの？　働き続けるつもりなら手に職をつけないと」

――面接か！

思わず叫びそうになり、ぐっとこらえる。これではまるで、数えきれないほど受けては落ちている就職試験のようではないか。

面接官……もとい従兄《いとこ》のひとりが、「伯父さん」と声をかける。

「前にちらっと聞いたんだけど。この子、定職にはついてないみたいだぞ」

「なに？」

伯父はもちろん、ほかの親戚たちの視線も突き刺さり、菜穂はたまらず首をすくめる。

面接会場から、あっという間に裁判所になってしまった。被告はもちろん自分だ。

「アルバイトをかけもちしてるとかで……。フリーターっていうのか？　二十六にもなってそんな生活してたら、将来はどうなるんだよ」

「でも、いまから正社員として就職するのはむずかしいんじゃや。不況だし」

「なら誰か紹介する？　探してみようか」

「とりあえず、料理ができるのは悪くないわね。ほかに特技は？」

なんだか胃のあたりがキリキリしてきた。針の筵の下からあぶり焼きにされているような気がして、ストレスは溜まっていく一方だ。

父と母も結婚するとき、こうやって親戚たちにあれこれ言われたのだろうか。観光業に従事している父は仕事の都合でこちらには来ていないが、幸運だったと思う。

やはり自分も両親や従姉と同じように、この親戚たちとは気が合いそうにない。

「みなさん、ご心配ありがとうございます。でもこの子の人生ですから、就職も結婚も本人の意思にまかせようと思っていて」

母がやんわりと抵抗してくれたが、それで引き下がるような相手ではなかった。身を乗り出した伯母が、「何を言ってるの」と責め立てる。

「あなたがそうやってのんびりしてるから、菜穂も甘えてるんじゃないの?」

「姉さん、うちの娘は自立しています。甘えはないわよ」

「とにかく、悠長にそんなこと言ってたらすぐに三十を過ぎちゃうわ。あなたに似てのんき気そうな子だし、いまのうちに手を打っておかないと」

「そうだな。凛々子《りりこ》と同じようになられても困る」

敬愛する従姉の名を吐き捨てるように出されたとき、菜穂は食べかけのどら焼きをぎゅっと握りしめた。生地がつぶれてあんこがはみ出したが、気にする余裕はない。

「わ、私はたしかに定職にはついてません」

気がついたときには、喉から声をしぼり出していた。

「でも就職活動はしてるし、生活費や税金も自分で払ってます。親には頼ってません」

「だからといって、いつまでもフラフラしていていいわけがないだろう」

「それはその通りです。どうにかしようとは思ってます。けど」

そのあとの言葉が続かず、押し黙った菜穂はうなだれた。

世間的には「フラフラしている」自分に、これ以上なにが言えるというのか。悔しくても、すべてはこれまでの自分がまいた種なのだ。言い返す資格はない。

（お母さんが責められるのも、私のせいだ……）

「梨穂はしっかりしてるのにねえ……」

情けなさと劣等感、そして自分に対する怒り。菜穂は強く唇を噛《か》みしめた。

　　　　　　　　　　＊

――ミケさんの様子がおかしい。

週が明けた月曜日。午後からの講義に備え、昼の営業がはじまるや否や「ゆきうさぎ」の暖簾《のれん》をくぐった碧は、すぐに彼女の異変に気がついた。

「タマさん。チーズ入りミートボールカレー、ライス特盛キャベツ山盛り、ついでにチーズ増し増しお待たせしました……」

魂が抜けたかのような表情の彼女が運んできたのは、大樹が碧のために二人前をひと皿に盛ってくれた特別仕様だ。もちろん値段も通常の倍だが、一人前が六百八十円なので二人前でも安い。頼まない手はないだろう。

飴色になるまでじっくり炒《いた》めたタマネギが溶けこんだカレーは、ルーの旨味《うまみ》とコクを引き立て、味に深みを出してくれる。中には大きめに丸めた大樹特製のミートボールがごろごろ入っていて、さらにはナチュラルチーズもとろけていた。ルーはやや辛めだが、チーズのまろやかさと調和して、マイルドな味わいに仕上がっている。

大きなお皿に二人前のライスを豪快に盛りつけ、濃厚なルーをたっぷりかければ、それだけで大満足の一品だ。ご飯の上には千切りキャベツものせているので、野菜も摂《と》ることができて一石二鳥である。

(それはともかく)

スパイスの香りに魅了されていた碧は、我に返って顔を上げた。

菜穂は普段と同じく先代女将《おかみ》の割烹着《かっぽうぎ》に身を包み、髪もきちんとまとめている。しかし彼女の表情はひと目でわかるほど沈んでいた。屈託のない彼女の笑顔にひかれてファンになった常連客もいるというのに、今日はその片鱗《へんりん》がない。

「ミケさん、ミートボール好きですよね。大事な日の前には必ず食べるって」

「ええ……」

「わたしは甘酢をかけて食べるのも好きだなあ。揚げ肉だんごにしてもいいかも」

「ええ……」

「さっき武蔵《むさし》が二本足で立ち上がって、本節《ほんぶし》の二刀流で虎次郎《こじろう》と決闘してましたよ」

「そうですか……」

――何かあったのかな……。

大樹も同じことを思ったようで、「ミケさん」と呼びかけ手招きした。彼女がカウンターに近づいていくと、心配そうにその顔をのぞきこむ。

「今日はどうしたんだ。さっきからぼんやりしてるけど、具合でも悪いのか?」

「あ、いえ。そういうわけでは」

「金曜は普通だったよな。土日に何かあったとか?」

ほんの一瞬、菜穂が眉を寄せた。

週末はたしか、祖父の法事があるので母の田舎に行くと言っていたはず。カレーに手をつけることも忘れて見つめていると、彼女は「何もないですよ」と微笑《ほほえ》んだ。

「すみません。仕事中にぼーっとするなんてお客さんに失礼ですよね。気合い、入れ直さないと」

自分を鼓舞するように頰《ほお》を叩いた菜穂は、それ以降は来店するお客にいつも通りの笑顔で接する。無理をしているようにも思えたが、大学に向かう時間が近づいていたので、スプーンを手にした碧は黙々とカレーを食べはじめた。

菜穂の表情がすぐれない原因を知ったのは、それから一週間後のこと。彼女とバイトのシフトが重なったときだった。

夜の営業を終えた「ゆきうさぎ」。秋の夜長は読書もはかどるが、大樹がつくってくれる賄いにはかなわない。畳を敷き詰めた小上がりの座卓の上では、店で出した料理の残りや、消費期限が近い食材を使ったおかずが湯気を立てている。

「ナスは美味《うま》いな……」

碧の向かいであぐらをかく大樹が、秋ナスの味噌《みそ》汁が入ったお椀《わん》を片手に、恍惚《こうこつ》とした表情でつぶやいた。

彼の好物は、かなりの高確率で賄いに登場している。今回はつややかでおいしそうな秋ナスを手に入れたので、先に自分用をとっておいたそうだ。網を使って焼くという手間を加えてあり、外側は香ばしく、中はとろとろ。異なる食感にやみつきになる。

「生姜《しょうが》焼きはやっぱりご飯に合いますねー。タレは濃厚だし、ちょっとぴりっとしてて」

味噌汁のほかには、山椒《さんしょう》を加えた特製のタレがからんだ大樹オリジナルの豚の生姜焼きに、地元でとれた小松菜と油揚げの和《あ》え物。そしてふっくら炊《た》き上げた白米だ。

「雪村《ゆきむら》さん、ご飯のお代わりもらってもいいですか?」

「ああ。もっと食べて体重を増やせ」

「これ以上は太れませんってば」

碧と大樹がそんな会話を交わしている間、菜穂は力なく、箸《はし》でつまんだご飯をちまちまと口に運んでいた。食の進みはよいとは言えず、手つかずのおかずも残っている。よく嚙んでゆっくりと食べる健康法ならいいのだが、どうも違うようだ。

「ミケさん。お腹、すいてないんですか?」

はっと顔を上げた菜穂は、「そ、そんなことは」と言ったが、様子がおかしいのは明らかだ。大樹と目配せし合った碧は、遠慮がちに問いかける。

「あの……。何か悩みごとでもあるとか? ミケさん、先週のはじめくらいからずっとこんな感じじゃないですか」

「仕事以外では笑わなくなったしな。無理に話せとは言わないけど、ひとりで抱えこむよりは楽になるかもしれないぞ」

唇を引き結んでいた彼女は、やがて大きなため息をついた。

「……ダメだなあ。考えないようにしてるのに、結局は心配かけちゃって」

肩を落とした菜穂は、親戚と交わした会話の内容をぽつぽつと語った。

話を聞き終えると、碧は「うーん」と腕組みをする。

「ミケさんの歳で、もう結婚を急《せ》かされるんですか？　大変ですね」

「あっちは田舎ですから。いまでも村社会の意識が強いというか」

碧の親族は東京を中心に、ほとんどが南関東に住んでいる。いい意味でドライな人が多く、あまり干渉し合ったりはしない。だから想像するしかないのだが、親族間の結びつきが強いというのも大変そうだ。

「本家の伯父が地主の上に町議会の議員なので、権力があるんですよね。あくまで地元での話ですけど」

「地主に議員……。ミケさんっていい家のお嬢さまだったんですね」

「母方の家とはほぼ関係ありませんよ。基本的に疎遠ですし」

返ってきた答えはそっけない。親戚にはよい感情を持っていないのだろう。先日の出来事を「針の筵」と表現するほどなのだから、無理もないのだけれど。

向かいで缶ビールを飲んでいた大樹が、何かを思い出したかのように苦笑した。

「親戚か。接し方がむずかしい人は、どこの家にもひとりくらいはいるよな」

（やけに実感がこもってる……）

「雪村さんにもいるんですか？　そういう人」

「まあ、俺も人間だし、いると言えなくもない……とはあんまり言いたくないけど、いないとも言えないような」

「どっちなんですか……」

曖昧《あいまい》に笑った大樹は、そのことについてはそれ以上教えてくれなかった。

「ミケさんのお母さんは、放っておけって言ってたんだろ？　つき合いが浅いならこの先も会う機会は少ないだろうし、気にしなくてもいいんじゃないか」

「私もそうしようと思ったんですよ。でも」

菜穂はいったん言葉を切ると、ため息まじりに続ける。

「今日、うちに宅配便が届いたんです。段ボール箱がひとつ。差出人は伯母だったから嫌な予感がしたんですけど、放置するわけにもいかなくて」

「な、何かおそろしいものでも入ってたんですか」

「ある意味ではそうかもしれません。中身は大量のお見合い写真と身上書でした」

彼女の答えに、碧と大樹は思わず目をしばたたかせた。

「それはまた……。いまどきレトロな」

「親戚たちがコネを駆使してかき集めたものを、送りつけてきたんです……。最低でもひとりは選んで一度は会えっていう脅しつきで」

「強要ですか⁉」

「従姉に『覚悟しておけ』と言われた意味が、嫌というほどわかりました」

乾いた笑いを浮かべる菜穂に、いったいどんな言葉をかければいいのか。同じ経験をしたことがないので、考えこんでしまう。

「どうするつもりだ、ミケさん」

「速攻で送り返したいのは山々ですけど、そうなったら母のほうに文句が行くかもしれません。だからしばらく放置して、頃合いを見計らって返事をします」

「誰かは選ぶのか？」

「……それはなんというか、逃げになるような気がして。お節介……いえその、世話をしてくれる気持ちはありがたいんですけど、受けるつもりはありません」

言い切った彼女は、少しだけすっきりとした表情になっていた。

「それでいいと思いますよ。焦って受けたとしても、あとで後悔するかもしれないし。ミケさん、ちゃんと働いて自立してるし、気に病むことなんてないですよ」

「あの人たちは世間体を気にしますから。たいした肩書きがない私が不満なんでしょう」

「で、でも、わたしはえらいと思います！」

勢いこむ碧を見つめていた菜穂は、やがて眉間《みけん》のしわを消して微笑んだ。顔色もよくなったような気がしてほっとする。

「おふたりに話したら、考えがまとまってきました。ありがとうございます」

「そうか。じゃ、飯の続きだな。味噌汁とご飯あたため直してくるから」

にこりと笑った大樹は、菜穂の茶碗《ちゃわん》を手にすると、席を立って厨房《ちゅうぼう》に向かう。戻ってきた茶碗は、そこはかとなく前よりご飯の量が増えていた。

「こうして私も着々と太っていくんですね……」

「ミケさん、雪村さんの賄いは栄養バランス満点ですよ。食べなかったらもったいないです。ダイエットはお菓子抜きと運動でやりましょう」

彼女の肩をぽんと叩いて、碧もまた笑顔を見せた。


賄いを平らげて後片づけをしてから、菜穂と碧は大樹に見送られて店を出た。

「タマもミケさんも気をつけて帰れよ」

　反対方向に帰る碧と別れ、愛車であるスクーターにまたがってアパートに戻る。これまでは徒歩か自転車だったけれど、夏のはじめにこれを手に入れてからは、楽に帰ることができるのでとてもいい。

「ただいま……っと」

　ブーツを脱いで部屋に上がると、手を洗ってうがいをする。落ち着いたワインレッドのショルダーバッグをそのへんにぽいっと投げ出し、ワンルームに置いてあるベッドの上に腰かけて、ようやくひと息つく。

（あ、そうだ。いつもの連絡）

　バッグを引き寄せた菜穂は、中をさぐって買ったばかりのスマホを取り出した。前のものは、大学時代から大事に使い続けること四年。さすがに型が古くなり、いろいろと支障が出てきたので泣く泣く買い替えたのだ。

　――これも最低、三年は保たせないと。

　家賃はもちろん、生活費や税金といった支払いもあるので、どうしてもそちらが優先になってしまう。洋服やバッグ、靴なども新品はめったに買えない。就職した同級生の友人は、お給料を使って自由にお洒落《しゃれ》を楽しんでいるけれど、自分にとっては贅沢《ぜいたく》な夢だ。

　アプリを開くと、そこにはすでに碧からのメッセージが入っていた。

〈家に着きました〜〉

グループ設定をしているので、コミュニティには大樹も参加することができる。

自分と碧が自宅に着いたら、メッセージを入れてほしいと頼んできたのは彼だった。バイトが終わるのは深夜。何事もなく帰宅したことを知らせれば、大樹も安心して休むことができる。

『やっぱり心配だからな。夜道は暗いしひと気もないし。俺が送っていけるときはいいんだけど、そうでない日はちゃんと帰れたのか気になって』

菜穂はディスプレイを操作して、大樹と碧にメッセージを送った。

〈私もいま帰りました！〉

すると間もなくして、大樹から〈お疲れ。ふたりともおやすみ〉と返事が来る。これで本日のバイトは無事終了だ。

「んー」

顔を上げて伸びをしたとき、視界の隅《すみ》に段ボール箱が映った。

「ゆきうさぎ」に向かう前に届いた、何枚ものお見合い写真と身上書。箱を開けたときは正直、度肝《どぎも》を抜かれた。どうやってこの住所を知ったのかは謎だったが、母か姉にうまいことでも言って聞き出したのかもしれない。

伯母の手紙が同封されていたので目を通したものの、こちらの意思とは関係なく誰かを選べという命令で、いい気持ちはしなかった。

――リリちゃんにも来たのかな。これ……。

従姉の東《あずま》凜々子は、この荷物を送ってきた張本人である紀美栄の娘だ。三姉妹の長女なので、伯母の期待も大きかったに違いない。しかし凜々子にその気はなく、当時はかなり揉《も》めたと聞いている。

だからあの親子は現在、ほとんど連絡を取り合っていない。

同じ思いをしたはずの凜々子にも話を聞いてもらいたくなって、ふたたびスマホを手に取った。けれど深夜零《れい》時を過ぎているので、電話をしたら迷惑だろう。ため息をついた菜穂は、背中からベッドに倒れこんだ。

それにしても、たった一週間でこれだけ集めてくるとは、いったいどんな手を使ったのだろう。それだけ相手を探している人が多いのか。

(お見合いかぁ……)

段ボール箱の封を開けたときにちらりと見えた、立派な台紙が脳裏《のうり》に浮かぶ。

あの表紙を開いたら、あらわれるのは果たしてどのような人なのか。身上書なるものにはどんなことが書かれているのか。

純粋な興味が湧き上がったが、菜穂は「いやいや」と首をふった。はじめから受ける気がないのなら、ああいったものを興味本位で見てはいけない。相手にも失礼だろう。

（……お風呂に入ろう。今日は贅沢にお湯張って）

箱から目をそらした菜穂は、気分を変えるためにバスルームに向かった。

夜が明けてから凜々子にメッセージを送ると、どこかで食事をしながら話をしようと返事がきた。お互いの仕事の都合を教え合い、金曜日のランチを一緒にとることを決める。凜々子は昼休みに抜け出してくるので、場所は彼女の会社の近くだ。

（リリちゃんの職場、恵比寿《えびす》にあったよね）

金曜の夜は「ゆきうさぎ」のバイトが入っているけれど、それまでは時間がある。

凜々子とランチをしたら、ついでにブランピュールに行ってみようか。恵比寿からだと遠くはないし、久しぶりにあの店でケーキを食べたくなった。そんなことをしたら、さらに太ってしまうかもしれないけれど。

最近は気持ちが沈みがちだし、おいしいものを食べて元気を出すのはいいことだ。そう自分に言いわけしたが、金曜日までお菓子は我慢しておこう。

先の楽しみを待ちながら、書店の仕事に励んでいた木曜日。レジ業務についていた菜穂は、お客が引けてほっとしたときに声をかけられる。

「三ヶ田《みかた》さん」

ふり向くと、そこにはバイトをはじめたときからお世話になっている女性店長の姿。

「ちょっと話があるんだけど、奥に来てくれる？」

「は、はい」

この時間帯のレジはほとんど混むことなく、店内のお客も少ない。菜穂はほかのレジについていた同僚たちに断りを入れてから、カウンターを出る。

（なんだろう……。ま、まさか名指しのクレームとか？）

ここではできない個別の話と聞いて、真っ先に浮かんだのがそれだった。

普段は気をつけているが、親戚とのこともあり、仕事に身が入らない日もあった。そのときに何かやらかしてしまったのかも……。

びくびくしながらバックヤードに入り、さらに奥にある事務所に向かう。四十代後半ほどの店長は、あらわれた菜穂の顔色を見るなり苦笑した。

「ああ、ごめんね。クレームだと思った？　悪い話じゃないから大丈夫」

「え、そうなんですか？　よかった……」

菜穂が胸を撫《な》で下ろすと、店長は「まあ座って」とうながした。近くにあったパイプ椅《い》子《す》に座ると、店長も自分の椅子に腰を下ろす。

「最近も就職活動はしてるの？　調子はどう？」

「順調とは言えませんね……。いろいろ受けてみてはいるんですけど、なかなか。手あたり次第というわけでもないので、むずかしいんだと思います」

正規に雇ってくれる会社だったらどこでもいい。そういった意識で探せば、たぶん見つかったのだろうと思う。東京には数えきれないほどの会社があるのだから。しかし、それで一度失敗しているので慎重になってしまうのだ。

お給料は低くてもかまわないから、長く働き続けられそうなところがいい。けれど福厚生はしっかりしていてほしい。ほかにも自分の中で妥協できない点があるので、それらの条件を満たす会社を探すのが大変なのだ。

だが、そろそろ贅沢を言っている場合ではなくなってきた。親戚の干渉もあるし、多少の条件は無視しても、就職を決めたほうがいいのかもしれない。はやく両親に安心してもらいたいし、安定した収入もほしい――

思い悩む菜穂の顔を見ていた店長が、「そういうことなら」と口を開く。

「三ケ田さん、来年からうちの契約社員にならない？」

「え……」

　きょとんとしていると、店長はなおも続ける。

「ここで正社員って言えないのがつらいところなんだけど。アルバイトより時給は上がるし、保険にも入れるから。仕事もいまはレジ中心だけど、もっといろいろできるようになるわよ。棚づくりとかやってみたいって前に言ってたでしょ」

「ええ、それはたしかに……」

「あなた、バイトとしては長く勤めてくれてるし、勤務態度もいいからね。いま、バイトから契約社員に上げられる人はいないかって話が本社から来てて、各店で候補を出してる最中なの。私は三ヶ田さんがいいかなって思ってね」

　店長はファイルの中から一枚の書類を抜き出すと、菜穂に手渡した。

「詳しいことはここに書いてあるから目を通してみて。契約社員でも何年か勤め上げれば中途採用の試験が受けられるし、悪い話じゃないと思うのよ。もちろん簡単じゃないけど三ヶ田さんの今後の仕事ぶりを見て、いいと思ったらまた推薦《すいせん》する」

「……………」

「来週のはじめに返事を聞くから、考えておいてくれる？」

　話はそこで終わり、事務所を出た菜穂はレジカウンターに戻った。

――契約社員……。

思ってもみない話だった。

正社員ではないけれど、長く働けそうだという大きな条件は満たしている。この書店には大学時代から不思議な縁があり、何度か辞めても数カ月後には戻ってきてまた働くというサイクルを繰り返していた。

店長は信頼できる人だし、店内の雰囲気もいいので、穏やかな気持ちで働くことができる。ここで正社員になれたらと思ったことも、過去にはあった。

(でも、そうなったら「ゆきうさぎ」は辞めないといけないんだ……)

夕方になって仕事が終わり、更衣室に戻って読んだ書類には、勤務時間や日数についても詳細に記されていた。基本的には九時から十七時までで、週五日。かけ持つとしても昼の営業は無理だし、夜ならと考えても、体力的に無理だろう。

書店の仕事を選ぶなら、大樹と今後のことについて話し合わなければならない。新しい人を募集しないといけないし、いろいろ調整する必要もあるだろう。

(どうしよう……)

悩みながら店を出て、アパートに帰ったとき、集合ポストに一通の封書が届いていた。裏返すと、少し前に面接を受けた会社の名前が入っている。

採用の通知は電話でという話を聞いていたので、中に何が書かれているのかは想像がついた。肩をすくめた菜穂はその場で封を開けることはなく、部屋に入る。

「……別に、慣れてるし」

ぽつりとつぶやき、公共料金の通知書やダイレクトメールがつっこまれたウォールポケットの中に封書を押しこむ。いつものように手洗いとうがいをして、スーパーで買ってきた食材を冷蔵庫に入れようとしたが、なんだかどっと疲れてしまった。

（最近、考えごとばっかりしてたから？）

脱力してしまった菜穂は、買い物袋を床に置き、その場にしゃがみこむ。バッグの中から着信音が聞こえてきたのでスマホを出すと、ディスプレイに表示されていたのは姉の名前。電話に出ると『仕事終わった？』という声が聞こえてくる。

「うん。どうかした？」

『ちょっと様子が気になってね……』

言いよどんだ姉は、実はと続ける。

『このまえ紀美栄伯母さんに、ひとり暮らしの菜穂ちゃんにお菓子とか果物なんかを差し入れしたいから住所教えてって言われて。そういうことならいいかなって軽い気持ちで教えちゃったんだけど、まさか変なものとか届いてないよね？』

電話口でも申しわけなさそうにしていることがわかる姉に、ばっちり届きましたとも言えず、菜穂は「大丈夫」と答えた。

「荷物は来たけど変なものじゃないよ。えーと……おいしそうな梨がどっさり」

『そっか。それならよかった。けど、もし何かあったら連絡してね』

　通話を切ると、部屋の隅に放置されていた段ボール箱が目に入った。

「………」

　のろのろと立ち上がった菜穂は、何かに引き寄せられるかのようにして箱に近づく。中から写真の台紙をとり出して開くと、そこには四十歳くらいの男性が、ぎこちない笑みを浮かべて写っていた。

(優しそうだけど、ちょっと歳が離れすぎかな。次は?)

　年齢は三十前後だろうか。最初の人とは違って写真慣れしているのか、妙に格好をつけているように見える。

　それからしばらくの間、菜穂は無言で写真と身上書に見入っていた。我に返ったときには全員ぶんを読み終えていて、何をしているのだと肩を落とす。一瞬(よりは長かったけれど)でも、結婚すれば仕事をしなくても許してもらえるのだろうかと思ってしまった自分が情けない。

（自分が楽になりたいからお見合いしようとするなんて、相手に失礼！）

後ろ向きになった考えをふり払うため、菜穂は床の上に広げていた写真と身上書を、丁寧に箱の中へと戻していった。ガムテープで厳重に封印し、上から冬用のひざ掛けで覆《おお》って視界からも消す。

――こういうときは、好物の肉だんごを食べよう。それで忘れるのが一番いい。

そう思って冷蔵庫を開けたが、肝心《かんじん》のひき肉がなくて出鼻をくじかれる。

買ってきた食材の中にもなかったので、次に食べたかったクリームシチューにメニューを変更する。大樹からルーのつくり方も習っていたが、今日は面倒だったので市販のものを使って煮込んだ。

具は鶏《とり》肉に、カットされていない丸ごとのマッシュルーム。そしてニンジンとブロッコリー。塩コショウで味をととのえ、隠し味として白味噌を溶かす。市販のルーでも、これで驚くほどにコクが増すのだ。

シチューを煮ている間に、冷蔵庫に残っていた野菜を使ってサラダをつくる。最後にお気に入りのお店で買った塩バターのパンをトースターで軽く焼くと、室内にバターが溶ける香りがふわんと広がった。

「いただきます」

テーブルにお皿を並べると、クッションの上に座って、できたての料理を頬張る。

クリームシチューはまろやかな味わいだし、あらかじめ調味料をもみこんでおいた鶏肉の旨味も効いていた。焼きたてのパンもさっくりしている。

どれもおいしかったけれど、悶々《もんもん》とした気分が晴れることはなかった。

「――――え。お昼、ダメになっちゃったの？」

『ごめん！　今日中に仕上げないといけない仕事が入って、外に出てる暇がなくなっちゃったのよ。この埋め合わせは必ずするから！』

翌日、正午少し前に恵比寿駅に着いた菜穂のもとに、凜々子からとつぜんのキャンセル連絡が入ってきた。仕事ならしかたがない。忙しい身である彼女に無理を言うことなどできなかったので、菜穂は「気にしないで」と答えた。

「次はいつでもいいから、お仕事頑張ってね。こっちに来たの久しぶりだし、どこかでご飯食べてブラブラしてから帰るよ」

『ほんとにごめんね』

「大丈夫だってば。またね」

できるだけ落胆《らくたん》が伝わらないよう、明るく言って電話を切る。

これからどうしようか。せっかく来たのだから、このまま帰るのはもったいない。とはいえお金はあまりないので、本当に見るだけになってしまうだろうけれど。

しばらく駅の周辺をうろうろしていたが、ちょうどお昼時ということもあって、飲食店はどこも混雑していた。凜々子が一緒ならともかく、ひとりで食事をする気にはなれず時間だけが過ぎていく。

「一時か……」

気がつけば十三時を回っていた。いっそ地元に戻って「ゆきうさぎ」で昼食にしようかと思ったが、あの店は一時間後に閉まってしまう。いまから行ってもばたばたして、ゆっくり食べる時間もなさそうだ。

とぼとぼと歩いていると、ふいに香ばしい匂いが鼻腔《びこう》をくすぐる。

ショッピングビルの中に入っているベーカリーからただよう、焼きたてパンの香り。誘われるようにして店内に足を踏み入れた菜穂は、食欲の赴くままにいくつかのパンを買って外に出た。それから電車に乗って、表参道《おもてさんどう》駅に向かう。

にぎやかな通りから少しはずれた道沿いに、ひっそりとたたずむ瀟洒《しょうしゃ》な外観のパティスリー。知る人ぞ知る店として熱心なファンの多い店のドアを開けると、菜穂よりも若く見える女性の店員が笑顔になった。

「いらっしゃいませ」

（蓮《れん》さんはいない？　キッチンかな）

碧や星花《せいか》と一緒に来たときは呼んでもらうことがあるけれど、ひとりでは言い出しにくい。特に話すようなこともないし、ケーキを買っておとなしく帰ろう。

ショーケースに近づき、財布と相談しながら悩んでいたとき、急に声をかけられた。

「ミケさん？」

「わっ！」

驚いてふり返ると、そこには白いコックコート姿の蓮が立っていた。ホールに出ていたのか、空になったグラスをのせたトレーを持っている。

「なんだ。キッチンじゃなくて外にいたんですね」

「指名があったから」

ホストクラブかと言いかけたが、寸前でこらえる。蓮を目当てにやってくるマダム客の存在（しかも複数）については知っていた。上客なので仕事の都合がつけば、顔を出して挨拶《あいさつ》する程度のことはしているそうだ。

「久しぶりだね。前に会ったのは夏だったっけ」

「ですね……」

　蓮はそれ以降も何度か「ゆきうさぎ」に来ているが、菜穂は昼のシフトに入っているほうが多いので、すれ違うことが多かった。

「あ、お仕事中ですよね。私にかまわず戻ってください。ケーキ買ったら帰りますから」

　いつまでも引き止めているのも悪いのでそう言うと、蓮は小さくうなずいて奥に戻っていった。――かと思いきや、ふたたび姿を見せる。

「ミケさん、まだ時間ある？」

「え？」

「あるならこっち来て」

　蓮は自分が出てきたドアに視線を向ける。金色のプレートにはスタッフルームと書いてあった。わけがわからず首をかしげていると、蓮は戸惑う菜穂の手首をつかみ、ドアのほうへと引っぱっていく。

　開かれたドアの目の前には狭い階段があり、「上がって」と言われた。

「でも私、部外者ですよ」

「店長の許可はとったから。俺もこれから休憩だし」

　背を向けて階段をのぼっていく蓮を、あぜんとして見つめる。ここまで来たら、もう帰るわけにもいかないだろう。腹をくった菜穂は彼のあとを追った。

「お店の二階ってこうなってたんですね……」

「この時間の休憩は俺だけだから、しばらく誰も来ないよ。遠慮せずに座って」

はじめて足を踏み入れた二階には、事務所とスタッフ用のロッカールーム、そして給湯室と休憩室があるそうだ。

通されたのは休憩室で、向かい合わせになったふたり掛けのソファとローテーブル、そしてひとり掛けのソファが一脚置かれていた。淡いグレーとブルー、そして薄紫でまとめられたシックな印象で、窓からはやわらかな光が差しこんでいる。豪華できらびやかな店内とは、また違った趣《おもむき》があった。

（うちの書店や「ゆきうさぎ」の休憩室とはぜんぜん違う……）

ふたり掛けのソファに腰かけて待っていると、いったん部屋の外に出ていた蓮が戻ってきた。小脇に抱えているのは五〇〇㎖のペットボトル。少しめくれた蓋《ふた》の隙間から湯気が出ているカップラーメンの容器を持っていた。

「いまからお昼ご飯なんですか？」

「交代制だからね」

「ジャンクフードですねえ」

「たまにはこういうものも食べたくならない？　大樹には野菜もしっかり摂れって叱られそうだけど」

菜穂の正面に腰かけた彼は、蓋を開けて箸を割った。いただきますと言って、黙々と麺《めん》をすすりはじめる。食欲をそそる醤油《しょうゆ》系のスープの香りが広がり、菜穂のお腹が鳴った。そういえば自分も朝食以降は何も食べていないのだ。

「蓮さん、私もここでお昼にしてもいいですか？」

「いいけど……。まだ食べてなかったの？　もう二時近いのに」

「ちょっとタイミングを逃しちゃったんですよ」

菜穂はベーカリーの袋からベーグルサンドをとり出して、豪快にかぶりついた。もっちりとした生地に挟まっているのは、香辛料をきかせたパストラミビーフ。青々としたレタスと新鮮なトマトも入っていてボリュームがある。

夢中になって頬張っていると、ふと視線を感じた。ラーメンを食べ終えた蓮が、うらやましそうな表情でこちらを見ている。菜穂の顔ではなく、手元のベーグルサンドを。

「……これは食べかけなので分けられませんけど、こっちなら」

袋の中に入っていたクロワッサンを差し出すと、蓮の両目が明らかに輝いた。もしかしたら好物なのかもしれない。

お礼を言って受けとった蓮は、嬉《うれ》しそうにクロワッサンにかじりついた。ラーメンだけでは足りなかったのか、あっという間に完食してしまう。

お腹を満たしてひと息ついていると、給湯室に行っていた蓮がトレーを手にして戻ってきた。テーブルに置かれたのはティーカップに注がれた紅茶と、一階の店舗で売っている小ぶりのモンブラン。てっぺんにはつややかなマロングラッセが飾られている。

「これ、クロワッサンのお礼」

「ええっ、でもこっちのほうが絶対に高い」

「気のせいじゃない？」

さらりと答えた蓮はふたたびソファに座って、緑茶が入ったペットボトルの先に口をつける。見返りを期待したわけではなかったのでためらったが、辞退すれば彼の厚意を無駄にしてしまうと考えて、ありがたくいただくことにした。

「うう……おいしい。栗の味がしっかりしてる……」

ほんのり洋酒の香りがする、甘さ控えめでなめらかな口当たりのモンブランを噛みしめていると、蓮がふっと笑った。

「うん、いい表情になった。やっぱり食べ物が一番効くな」

「なんの話ですか？」

「ミケさん、さっきまでこんな顔してたよ」

ペットボトルをテーブルの上に置いた蓮は、指先で自分の目尻をくいっと下げた。

「もしかして、何か悩んでることがある？」

「！」

ずばり言い当てられて、フォークを持つ手が止まる。答えに窮《きゅう》していると、蓮がこちらの顔をのぞきこむように身を乗り出した。

「夏にミケさんが俺に言ったこと、憶えてる？　『私たちにぶちまけてスッキリしましょう』って。もしよかったら、今度は俺が相談に乗るよ」

（そうだ……。あのときは蓮さんが悩んでた）

誘いを受けた海外の店に移るか、それとも日本に残るか。悩んだ末に、蓮は後者を選んだ。だからいまもこうしてこの店で働いているのだ。

目の前にはいくつかの道が伸びていて、どの道に進むべきなのか迷っている。その点では自分も、かつての蓮と同じ。彼に比べたらスケールの小さな悩みなのかもしれないけれど、それでも自分にとっては大事なことだ。

「けど蓮さん、休憩時間にこんなこと」

「いいから」

短い言葉に背中を押され、菜穂はここ最近で起こったことを話した。親戚の家で自己嫌悪に陥《おちい》ったこと、伯母からお見合いを強要されたこと、契約社員にならないかと言われたこと、そして「ゆきうさぎ」のこと……。

すべてを聞き終えた蓮は、お茶を一口飲んでから言った。

「ひとつ確認したいんだけど、お見合いは受ける気がない？」

「正直、ちょっとだけぐらつきました。でも受けません。よく考えたらまだそんな気になれないし、焦って受けても後悔するような気がして」

「自分でそう思うなら、それが正解だと思うよ。なら残るは二択」

契約社員の話を受けるか、いままで通り「ゆきうさぎ」に残ってバイトをしながら、就職活動を続けるか。どちらにもメリットとデメリットがある。

「私……『ゆきうさぎ』で働くの、すごく楽しいんです。大樹さんもタマさんもいい人だし、新しく入ったクロくんも明るい子で。常連さんと話すのも楽しいし、できればずっと働いていたいとは思うんですけど……」

大樹はバイトを募集しても、正規の従業員を雇うことはしない――というより、できないのだ。以前に冗談めかしてたずねたとき、はっきりと言われた。残念だったが納得のいく理由だったので、それ以降は話題に出していない。

蓮もそのあたりについては知っているようで、肩をすくめる。

「あの店はおばあちゃん……先代女将の時代からバイトしか雇ってないからね。正規で雇うとなると手続きも大変だし、ボーナスとかも出さないといけない。今後はわからないけど、いまの時点では無理だって大樹が言ってた」

売り上げが安定しているとはいっても、大きな儲《もう》けが出ているわけではない。「ゆきうさぎ」では料理の価格を安めに設定し、食材もできるだけいいものを使う。それでも利益が出るよう、コストを削減しなければならないのだ。人件費はその最たるもの。

内情がわかっているので、菜穂もそれ以上は望めなかった。

「正社員になれるなら、迷わず書店を選ぶと思います。でもそうじゃないから……。中途採用があるといってもいつになるかわからないし、必ず受かる保証もない。その間にもどんどん歳はとっていくわけだから」

就職活動は、年齢が上がれば上がるほど不利になっていく。思わず目に留まるような経歴や有利な資格があるならまだしも、自分はどちらも持っていない。

(そう考えると、蓮さんたちはすごいなあ……)

自分のまわりにいるのは、きらきらとまぶしい人たちばかりだ。

パティシエとしての腕を認められ、複数の店から必要とされている蓮はもちろん、先代女将のあとを継ぎ、先代仕込みの料理とその人柄でお客をひきつけてやまない大樹も格好いい。バイト仲間の碧も、教員免許をとるべく大学で頑張って勉強している。

身内に目を向けても、姉は夫と子どもに囲まれて幸せそうだし、従姉の凜々子もやりがいのある仕事につき、充実した日々を送っている。

だから彼らを見ていると、何も持たない自分がみじめに感じることもあった。特に蓮は同い年であるがゆえ、どうしても比較してしまうのだ。

(けど……)

――こんな自分でも、見てくれていた人はたしかにいる。

「参考になるかどうかはわからないけど」

少しの沈黙を経て、蓮がふたたび口を開いた。

「俺がこの店に残ることを決めた理由はいくつかあるんだけど、そのうちのひとつに、世話になった人に恩返しをしたいっていうのがあって」

「恩返しですか」

「オーナーにね。まだたいして技術もなかったころの俺を目にかけて、いろいろ面倒見てくれてさ。だからその恩を返すまでは、ここで働こうと思ってる」

蓮の話を聞いたとき、菜穂の脳裏に書店の店長の顔が浮かんだ。

派手なことは何もしていない。けれども地道に働いていた自分を見て、評価してくれた人。今後の道を示してくれたその人に、恩返しができるとしたら。

ぎゅっと両手を握りしめたとき、ふいに蓮が天井をあおいだ。

「あー……こんなに喋《しゃべ》ったの、何カ月ぶりだろ。しかも真面目なことばっかり」

「蓮さん、仕事以外では省エネモードですからね」

「……父さんも、あのときはこんな気分だったのかな」

ぽつりとつぶやいた蓮は、照れたように視線をそらす。その表情が普段よりも幼く見えて、自然と口元がほころんだ。

「話、聞いてくれてありがとうございました。なんだか気が楽になった感じです」

「ならよかった。あとはミケさん次第だよ。――あ、もうすぐ休憩終わるから、そのモンブラン食べちゃって」

うなずいた菜穂は、食べかけのモンブランをふたたび口に入れる。

上品な甘さが心をほぐし、晴れやかな気分になった。


十二月の営業終了日をもって、「ゆきうさぎ」を退職する。

日曜日の夕方、いつものように出勤し、従業員用の小部屋で身支度をしていた碧は、菜穂から自分の出した答えを聞いた。大樹とは昨日に話し合い、了承を得たという。

「契約社員の話を受けるんですか?」

「ええ。店長にも土曜のうちに返事をしました。無条件というわけじゃなくて、本社に行って面接を受けないといけないんですけどね。とはいっても、よほどのことがない限りは落ちないそうです」

「そっか……。さびしくなるけど、ミケさんが決めたことなら応援します」

「ありがとうございます。職場はすぐそこだし、辞めたあとも『ゆきうさぎ』にはお客として通いますよ。大樹さんの賄いは食べられなくなるけど、お品書きのお料理もすごくおいしいですからね」

「ミートボールとか?」

「あれは特別なときにしか食べませんよ。だから価値があるんです」

肩まで伸ばした髪をひとつにまとめながら、菜穂はふんわりと笑った。

その表情には、先日まであった翳《かげ》りは見当たらない。だいぶ悩んでいたようだが、いまの顔を見ている限り、後悔はないのだろう。声のトーンも明るくなっていて、すっかり元の自分を取り戻したようで安堵《あんど》する。

（年末っていうと、あと二カ月ちょっとか……）

師走《しわす》に近づくにつれて忙しくなるので、きっとあっという間にその日を迎えてしまうだろう。変化は誰の身にもおとずれる。蓮も大きな選択をしたし、菜穂にもそのときが来たということだ。

――そして、いつかはわたしにも。

「タマさん、準備できました？」

「あ、もうちょっとなので先に行っててくださいー」

この部屋でこんな何気ない会話をするのも、あと少し。

しんみりした気分になったものの、沈んだ顔で店に出たら、きっとお客さんに心配されてしまう。この店の常連さんたちは優しいので、表情が冴えないからといって怒るような人はいない。逆にこちらの体調を気遣ってくれるほどだ。

だからこそ、余計な心配をさせないように笑顔でいなければ。

『具体的には居心地のいい空間を提供して、美味い料理と酒を出す』

以前に大樹から聞いた心得を思い出す。自宅のようにくつろげて、ほっとできる雰囲気をつくるためには、従業員である自分たちの笑顔も不可欠なのだ。

「――よし。今日も頑張ろう！」

室内に置いてあった姿見の前に立った碧は、そこに映った自分に明るく笑いかけてから外に出た。大樹は奥の大きな厨房で仕込みをしていて、今日は菜穂が手伝っている。掃除担当の碧が座敷を雑巾で乾拭《からぶ》きしていたとき、がらりと戸が開く音がした。

（あれ？　準備中の札、下がってなかったかな）

取り引き先の担当者はたいてい、裏口をたずねてくる。正面から入ってくる人もいなくはないので、顔を上げた碧は出入り口に視線を向けた。

――業者の人じゃ……ない？

そこに立っていたのは、落ち着いたベージュ色のスーツに袖を通した五十代後半ほどの女性と、彼女につき従うように半歩後ろに下がった三十前後の女性だった。年齢からして親子なのかと思ったが、ふたりの間にはどこかよそよそしい空気がある。

「あの……申しわけありませんが、開店は十八時でして」

「それは存じております。こちらで三ヶ田菜穂が働いていると聞いたのですが」

「ミ……三ヶ田さん、ですか」

「この時間はこちらにいるのでしょう？　取り次いでいただけますか」

切れ上がった目に堂々としたたたずまい。言葉遣いは丁寧でも、有無を言わせない響きがある。

どうしようかと思っていると、異変を感じとったのか、奥の厨房から大樹と菜穂があらわれた。来客を見た瞬間、菜穂は驚きに目を見開く。

「紀美栄伯母さん!?　お姉ちゃんまで……」

「いきなりごめんね……。急に伯母さんがうちに来て、菜穂のアパートはどこだって」

（ミケさんのお姉さん——ということは、梨穂さん？）

彼女は小柄な体をさらに縮こまらせ、申しわけなさそうにうなだれている。

碧とは初対面となる梨穂は、伯母である紀美栄の申し出を断ることができず、夫が運転する車でアパートまで連れていったのだという。菜穂は不在だったが、そこであきらめる伯母ではなく、勤め先までやってきたらしい。

（う……うわぁ）

その行動力に、碧は内心で舌を巻いた。すごいけれど、怖い……。

菜穂の姿を見た紀美栄は、一歩前に踏み出した。鋭い目つきで威圧する。

「昨日のあれは、いったいどういうことなの？　相手を誰も選ばないなんて」

「で、電話で伝えた通りです。あのお見合い写真はお返しします。私はまだ結婚する気はないし、来年から新しい仕事もまかせてもらえるんだから」

紀美栄の迫力におののきつつも、菜穂は果敢に答えを返した。

「新しい仕事？　正規ならともかく、契約だって聞いたわよ」

「そうだけど長く続けられそうな職場だし、頑張り次第では中途採用も」

「そんなこと言ってたら、無駄に歳をとっていくだけよ」

反論を叩き返した紀美栄は、出来の悪い子どもを見るかのような目を菜穂に向ける。

「どうせたいした資格も経験もないんだから、つべこべ言わずにいまのうちに結婚しておきなさい。そのほうがあなたのためよ」

「結婚結婚って、それだけがすべてじゃないでしょ！　勝手に決めつけないで！」

声を荒げた菜穂に、碧はあわてて駆け寄った。「落ち着いて」と腕に触れる。

「────」

怒りをこらえるように唇を噛む菜穂と、不機嫌そうに腕を組む紀美栄。

張りつめた空気がその場を支配し、碧と梨穂は口を挟めずおろおろするばかり。その均衡を崩したのは、すっと前に出た大樹だった。

「お話し中に申しわけありません。実は開店時刻が迫っていまして」

（あ、ほんとだ！）

時計を見れば、いつの間にか開店十分前になっている。大樹としても、この状態のままお客を迎えるわけにはいかないだろう。

紀美栄は一瞬だけ気まずそうな顔をしたものの、すぐに調子を取り戻す。

「だったら場所を変えて話しましょう。菜穂、いらっしゃい」

「私はこれから仕事です。お引き取りください」

「ここまで来させておいて追い返す気？　私だって暇じゃないのよ」

「伯母さんが勝手に来たんでしょう。頼んだ覚えはありません！」

またしても口論がはじまりそうになり、見かねた大樹が仲裁しようと口を開きかけたときだった。

「――いいかげんにしなさいよ、お母さん」

涼やかな女性の声が響き渡り、はっとした碧は声の出所に目を向けた。

出入り口に立っていたのは、三十代前半に見えるひとりの女性。背が高く、くせのない黒髪を耳の下でひとつに結んでいる。白いカットソーにキャメル色のジャケット、黒いパンツにヒールの高いパンプスといったいでたちで、すらりとしていて格好いい。

「凜々子！」

「リリちゃん！」

紀美栄と菜穂の声が重なった。凜々子と呼ばれた女性は店内に入ると、大樹の前で足を止めた。ヒールのある靴を履《は》いているので、大樹と目線はほぼ同じだ。

「母がご迷惑をおかけしました。申しわけありません」

「いえ……」

深々と頭を下げた凜々子は、今度は母である紀美栄と向かい合った。

「さっき、梨穂からメールが来てね。菜穂の勤め先に突撃するなんて何考えてるの。思い立ったらすぐ行動するところは昔と同じだわ」

「……菜穂のことは、あなたには関係ないでしょう」

「大ありよ。可愛《かわい》い従妹《いとこ》が昔の私と同じ目に遭ってるって聞いたらね。お節介も度が過ぎたらただの迷惑なのよ。ほんとに何度言ったらわかってくれるの」

さすが紀美栄の娘というべきなのか、彼女はずばずばと言い放つ。紀美栄は反論しようとしたが、凜々子はそんな母親の背後に回って背中を押した。

「誰かと話がしたければ私が相手になるから、とりあえず店は出ようね」

「な、なんであなたと。私は菜穂の将来が心配で」

「社会人になった子どもには口を出さずに、見守るだけでいいと思うよ」

凜々子は穏やかな口調で言った。

「気にかけてくれるのはありがたいけどね。いいことだろうと悪いことだろうと、何をしても自己責任。大人になるってそういうことでしょう」

「……」

「ところでお母さん、こっちに出てきたの何年ぶり？　東京もいろいろ変わってるよー」

戸惑う紀美栄にかまうことなく、凜々子はにこにこ笑いながら続ける。

「いい機会だし、とりあえず私のマンションに行こうか。引っ越してからはまだ来てないでしょ。今日は私が夕食つくるから泊まっていってね」

母親を店の外に押し出した凜々子は、ふいにこちらをふり返った。まかせておけと言わんばかりに口の端を上げ、静かに戸を閉める。

あまりにあざやかな手際に、碧たちはただあぜんとするばかりだった。

「ミケさんの伯母さんたち、あのあとどうしたんでしょうね……」

二十三時の閉店後、賄いの支度をしていた碧はぽつりと言った。すぐ近くで必要な食材をそろえていた大樹が手を止める。

「従姉の――凜々子さんだったか。あの人がうまくやってくれたんじゃないか？　ミケさんはあまり仲がよくないって言ってたけど、絶縁まではしてないみたいだし。案外、久しぶりに会って話がはずんでるかもしれない」

「うーん……。想像がつかない」

「それはともかく、はじめるぞ。今日はミケさんのための賄いだからな」

当の菜穂は座敷に座って、少し前にかかってきた凛々子からの電話に応対している。

調理台の上にあったのは、取り引きしている精肉店で挽《ひ》いてもらった豚ひき肉と卵、長ネギと生姜、そしてニンニクと各種調味料。大樹が何をつくろうとしているのかは、それらを見ればすぐにわかった。

「ミケさんの大好物ですね！」

「こういうときには、好きなものを好きなだけ食べるのが一番いいんだよ」

優しく笑った大樹は、長ネギをまな板の上で丁寧にみじん切りにしていく。その隣で碧も、生姜とニンニクをおろし金ですり下ろしていった。

ひき肉と下準備が終わった野菜はボウルに入れ、つなぎの卵と塩コショウを加える。大樹はこれを、手のひら全体を使って粘りが出るまで練っていった。練りが足りないと熱を加えたときにバラバラになってしまうので、おろそかにはできない。

できあがった肉ダネは、くっつかないよう少量の油を塗った両の手のひらに、交互に打ちつけ空気を抜く。そして適度な大きさに丸めてから、中温にした油でこんがりと、色がつくまで揚げていった。

（ああ……この音と匂いがたまらない。揚げ物万歳……）

幸福感に浸りながら、碧は残っていたもう半分の肉ダネを丸めた。揚げ油ではなく水を沸騰《ふっとう》させた鍋に入れる。茹《ゆ》で上がったらお皿に盛りつけ、だし汁にみりん、砂糖と醬油、とろみをつけるための片栗粉《かたくりこ》でつくった和風のあんを上からかけた。

「ミケさん、お待たせしました。賄いですよー！」

大樹は揚げ肉だんご、碧は和風肉だんご。それぞれを盛ったお皿を座卓に置くと、電話を終えた菜穂は「うわあ！」と歓声をあげた。

「肉だんごがいっぱい……！」

「今日は肉祭りです。好きなだけ食べて元気を出しましょう」

碧と大樹が席に着くと、菜穂はいただきますと言って和風肉だんごを口にした。何度か咀嚼《そしゃく》して飲みこむと、幸せそうに表情をゆるめる。

「ふわふわでやわらかーい……。あんともよくなじんでます」

「揚げてないからカロリーも低めだしな。……うん、甘さもちょうどよくて美味い」

お世辞ではない、本心からの言葉。自分が心をこめてつくったものを誰かが食べて、おいしいと言ってくれる瞬間は何にも代えがたいよろこびだ。

「ではわたしは雪村さんの肉だんごを」

素材の旨味を味わってほしいとのことで、ソースやあんはかかっていない。添えてあった花椒塩《ホアジャオエン》を少しだけつけて、揚げたてあつあつを頬張る。外側はカリッと歯ごたえのある食感で、嚙むと弾力のある中味から肉汁がじゅっと飛び出した。

「熱いけどおいしい！　花椒の香りもいいですね。スパイシーで」

「中華料理の万能調味料だからな。塩と混ぜたものは揚げ物によく添えられるんだよ」

「雪村さん、和食だけじゃなくて中華料理もマスターするつもりなんですか？」

そんな話をしていると、菜穂が箸を動かす手を止めた。

「さっきリリちゃん……従姉と話したんですけど。うちの伯母、半年くらい前に従姉のことで伯父からずいぶん責められたそうなんです。凜々子が好き勝手にやっているのはおまえの教育が悪かったからだ、みたいな感じで」

「えっ、ひどい……」

「伯父は頭の固い人ですからね。そのうえ尊大なんです。だから私が従姉みたいにずっと独身だったら、今度はうちの母が同じことを伯父から言われるんじゃないかって思ったらしくて。お見合い写真を送りつけてきたのは、それが理由でした」

紀美栄は妹である菜穂の母が同じ思いをしないように、先手を打ったのだろう。それが正しかったかどうかは別として、本当は妹思いの人なのかもしれない。

「ミケさん、伯母さんはいま凜々子さんの家に？」

大樹の問いに、菜穂は「ええ」とうなずいた。

「何年かぶりに一緒にご飯を食べて、いろいろ話したそうです。最初はふてくされてたみたいですけど、少しずつ答えてくれるようになったって。伯母が伯父に責められたことについては怒ってました。そんなことを言われる筋合いはないって」

「ああ、その通りだな」

「だから、近いうちに伯母を東京に呼び寄せようかと思ってるそうです。従姉のお父さんはもう亡くなっていて、伯母は田舎でひとり暮らしなので」

いったん言葉を切った菜穂は、何かを決意したかのように顔を上げる。

「私も……もう少したって落ち着いたら、伯母に連絡してみます。さっきはケンカして怒鳴っちゃったし、そのことはやっぱりあやまりたいから」

「それがいい。伯母さんもわかってくれるよ」

「だといいんですけどね」

ふっと笑った菜穂は、残っていた揚げ肉だんごを口に入れた。ゆっくりと嚙んで飲みこんでから、「そうだ」とつぶやく。

「大樹さん、お願いがあるんですけど」

「ん？」

「この肉だんご……面接の前日にもつくってもらえませんか？　私、受験とか面接とかの大事な日の前に、必ず好物を食べるんです。験担《げんかつ》ぎっていうか」

「ああ、かまわない。日にちを教えてくれたら用意しておく。ひき肉をドーンとな」

おどける大樹を見て、菜穂は「お願いします」と微笑む。

肉だんごで験担ぎ。大樹の手づくりなら最強だろうと、碧もまた笑顔になった。

頬を撫でる冷たい風に、碧は小さく身震いをした。

(もう十一月か……。ほんとに一年ってあっという間だなぁ)

時刻は九時半。最寄り駅のホームは吹きさらしなので、風をさえぎることができない。

ベンチに座ったまま首を縮めたとき、視界の隅に見覚えのある人影がよぎる。

立ち上がった碧は「ミケさん！」と声をかけた。

「あ、タマさん！　これから大学ですか？」

「ミケさんは面接でしたっけ」

はいと答えた彼女は、はじめて目にする紺色のスーツを身に着けている。

「頑張ってくださいね」

「ありがとうございます。でもちょっと緊張してきて……。面接って何回やっても慣れないんですよね。普段通りにするのが一番いいとはわかってるんですけど」

深呼吸をする菜穂に、碧は「大丈夫！」と笑いかけた。

「ゆうべ、雪村さんの肉だんご、たっぷり食べたじゃないですか。パワーがみなぎってるはずだから、きっとうまくいきますよ」

「そ、そうですね。……うん、ちゃんと験を担いだんだから成功するはず！」

菜穂が自分に言い聞かせたとき、まもなく電車がまいりますというアナウンスが聞こえてくる。ホームにすべりこんできた電車のドアが開くと、碧は菜穂をうながした。

「途中までは同じですよね。行きましょう。それで帰ってきたら、また『ゆきうさぎ』でおいしいものを食べるんです。楽しみになりませんか？」

そうですねと答えた菜穂は、しっかりとした足取りで、碧と一緒に電車に乗りこむ。

ドアが静かに閉まり、目的地に向かって走り出した。

第4話　謎と追憶の茶碗蒸し

その日、碧《あおい》は十六時半に最寄り駅へと戻ってきた。

（ミケさんの面接はどうだったのかなあ……）

午前中に駅のホームで会った彼女は、契約社員の面接を受けるために出かけていった。お昼ごろにメッセージがあり、無事に終わったということはわかったが、それ以降はなんの知らせもない。こちらから二度ほどメッセージを送ってみたが反応はなく、あまりしつこくするのも悪いと思ってそのままにしている。

（わたしも気づかないときがあるし、ミケさんのペースも考えないと）

気を取り直した碧は、駅に直結している商業施設〈ラビル〉に入ると、エスカレーターを下りて地下にある生鮮食品のスーパーに向かった。

今日はバイトがないため、ゆっくり夕食をつくることができる。

父も二十時ごろには帰れるとのことだし、久しぶりにふたりで食卓を囲めそうだ。せっかくだから、父の好物をつくろう。最近は忙しそうにしていたし、のんびりくつろいで疲れを癒《いや》してほしい。

父が特に好きなものは肉じゃがだけれど、それは二、三日前に「ゆきうさぎ」で食べたと言っていた。いくら好物でも、短期間に同じものを出したら飽きてしまうだろう。だったら次に好んでいる鯖《さば》をメインにしようか。

鯖は一年中出回っていて、いつ食べてもおいしい魚だ。

その中でも特にこの時期は、冬に備えて脂肪《しぼう》を蓄えているので、まるまると太って脂《あぶら》がのっている。新鮮な切り身に塩をふり、焼き色がつくまでグリルしたシンプルな塩焼きを想像したとたん、碧のお腹《なか》が大きく鳴った。

（ああ、どうしよう。いますぐ食べたい。今日は絶対に鯖にしよう）

そして香ばしく焼き上げた鯖に、しぼったすだちをかけて食べるのだ。脂がたっぷりの身に、すだちの酸味。大根おろしを添えてもいい。日本酒とも合うはずだから、きっと父もよろこんでくれるだろう。

頭の中はもう、鯖の塩焼きでいっぱいだ。

カゴを手にした碧は、一目散に鮮魚売り場をめざした。両目をギラギラさせながら鯖の切り身を探していたとき、「タマ?」と声をかけられる。

――この声は……。

「雪村《ゆきむら》さん！」

ふり返った先には、自分と同じ買い物カゴを持ってたたずむ大樹《だいき》の姿。

彼と会うときは「ゆきうさぎ」の中か、菜穂《なほ》や星花《せいか》と連れ立って遊びに行くことのある自宅の中がほとんどだ。だからそれ以外の場所だと新鮮で、なんだか少し照れくさい。

大樹はモノトーンを好むので、明るい色の服はあまり着ない。今日は何年か愛用している黒いブルゾンをはおり、中に着ているのはおそらくTシャツ。デニムと合わせ、足下はスポーツブランドのスニーカーだ。毎日着替えてはいるが、いつも似たような服装なのは組み合わせをいちいち考えるのが苦手だからだという。

『この商売で洒落《しゃれ》っ気を出す必要もないしな。清潔ならそれでいい』

『ですね。雪村さん、かっちりしたスーツとか似合わないし』

『ほっとけ。蓮《れん》と星花にも言われたけど、瑞樹《みずき》は普通に似合ってると思うぞ』

『弟さんと顔がそっくりでも、雰囲気の違いで差が出るんですよ。雪村さんはカジュアルなほうがいいんです。庶民的で気さくなお兄さんって感じで』

『そんなものか……』

何気ない会話を思い出してほのぼのしていると、彼は碧が肩にかけている大きなトートバッグを見て「大学の帰りか」と言った。

「おかえり。今日はバイトがないからゆっくりできるな」

「父がはやく帰れるそうなので、食材を買いに来たんです。実はさっきから鯖の塩焼きが食べたくて食べたくて。雪村さんはお店の仕入れですか？」

「夕食の買い出しと半々かな。いいものがあったら仕入れるし、今日は卵の特売があるってチラシが入ってたから」

大樹はひとり暮らしだが、先代女将《おかみ》と住んでいたころからの習慣で、いまでも新聞をとっている。スーパーの折りこみチラシまでチェックしているのはさすがだ。

「卵、いいですね。わたしも買って帰ろうかな」

「はじまるのは五時だぞ。適当にうろつきながら待つか」

ということは、しばらく大樹と一緒に買い物ができるのだろうか。定休日だから会えないと思っていただけに、得をした気分になる。

「タマは鯖がほしいのか。俺は鰆《さわら》にするかな」

大樹はずらりと並んでいる切り身のパックを吟味《ぎんみ》して、質の良さそうなものを選んでくれた。碧には見分け方がさっぱりわからなかったが、皮に張りがあって血合いの色が赤いほうが新鮮らしい。

「鯖もいいけど、鰆は冬が旬だから、これから脂がのって美味《うま》くなるんだよ」

「何をつくるんですか?」

「うーん……。西京焼きか生姜《しょうが》で煮るか。天ぷらにしてもいいな」

答えを聞いているだけでお腹がすいてきた。定休日でも手を抜くことなくしっかり料理をして、栄養バランスのとれた食事を欠かさないのだから頭が下がる。

魚を選んだあとは、とりあえず店内を一周しながら、ほしいと思った商品をカゴの中に入れていく。碧のカゴは大樹が持ってくれていた。こういった細やかな気遣いの積み重ねがあるからこそ、彼は周りの人をひきつけてやまないのだろう。

（雪村さんとふたりで出かけたことは、何度かあるけど）

スーパーとなると、もしかしたらはじめてではないだろうか。

暮らしていく上で欠かすことのできない、身近で生活に直結した場所。そのためふとしたことから大樹の嗜好《しこう》や習慣を垣間見ることができる。

たとえば——食パンは迷わず四枚切りを選ぶとか、牛乳は低脂肪を好むとか。

「四枚切りのほうが食べごたえがあるだろ。牛乳はわりと飲むから、カロリーが低いほうがいいんだよ。無脂肪だと味気ないから低脂肪」

「雪村さん、朝はいつもパンなんですか？」

「米のほうが多いけど、たまにはな。昼の休憩用に、朝のうちにサンドイッチをつくっておくこともあるし」

売り場のナスはじっくりチェックして、お眼鏡にかなわないと残念そうな顔をする。ほとんどの料理を手づくりしているのかと思いきや、お気に入りだというお総菜やカップスープの素があった。インスタントコーヒーは安さ重視で、日本茶にはこだわりがある。

「あ、このヨーグルトおいしいんですよー。ちょっと高いけど」

「へえ。それはまだ食べたことないな」

碧が接しているのは「ゆきうさぎ」の店主としての大樹が多いから、あまりプライベートに踏みこむことはできない。けれど一緒に買い物をしていると、店内ではわからない一面が見られたので楽しかった。

「そろそろ五時だな。行くか」

卵売り場に向かうと、すでに幅広い年代の主婦らしき女性たちが、気迫にあふれた表情で待ち構えていた。店員がタイムセールを告げたと同時に突進していく。

「す、すごい熱気」

「でもおひとりさま一パック限りだから」

集まっている人数より卵のほうが多いと判断したのか、大樹はカゴを碧にあずけ、ゆったりとした足取りで近づいていった。

何人かがふり返り、彼の姿を見たとたんに気迫が弱まる。当の大樹はあわてることなく目的のパックをふたつ手にすると、さわやかな顔で戻ってきた。

「さすがですね……」

「なんのことだ?」

不思議そうに首をかしげた大樹は「これはタマに」と言いながら、一パックを碧のカゴに入れてくれる。なんとなく、周囲の視線がこちらに集中しているような気がして、恥ずかしくなった碧は大樹をうながしてレジへと急いだ。

会計を終えると外に出て、帰路につく。すでに日は暮れていて、駅ビルや商店街はライトアップがされていた。

「わ……寒いですね」

「夜は冷えこむって言ってたからな」

大樹は自分で買った品が入った袋を自宅に置くと、今度は当然のように碧の袋を持って家まで送ってくれた。この人は本当に、どこまで親切なのだろうか。

「わざわざありがとうございます」

「いいって。気にするな」

嬉《うれ》しいけれど、わずかに――ほんの少しだけ戸惑う。

あまり優しくされすぎると、きっと余計な期待をしてしまうから。

「ところでタマ。いつものやつ、今日はつけてないんだな」

きょとんとする碧に手を伸ばした大樹は、ポニーテールにしている髪の結び目を、指先で軽くつついた。直接触れられたわけではないのに、どきりとする。

「ここ、普段はなんか飾りがついてるだろ」

「シュシュのことですか？　お昼ごろ、玲沙《れいさ》から縫い目が破れてるって言われてはずしたんです。お気に入りで何年も使ってたからなあ」

「そうなのか」

「まあ、ほかにもいくつか持ってるからいいんですけど。修理しようにも、わたしあんまりお裁縫《さいほう》に自信がなくて。高いものでもないし、この際だから新調します」

碧が住むマンションにたどり着くと、大樹は「じゃあな」と言って踵《きびす》を返した。こちらをふり向くことはせず、その背中が遠くなっていく。

それをかすかにさびしく思いながら、碧は建物の中へと入った。いつもの習慣でエントランスの集合ポストを開けると、何通かの郵便物が届いている。エレベーターに向かいながら宛名を確認していった。

（なんだ。ダイレクトメールばっかり）

重要なものはなさそうだと思ったとき、最後の一通に目を留める。

それはいまどきめずらしく、手書きの洋封筒だった。やや角張ってはいるが読みやすい字は、どちらかというと男性的だ。宛名は父の浩介《こうすけ》になっていて、裏返せば差出人の住所と名前が記されている。

「あれ、意外に近い……」

住所は同じ市内――どころか、隣町だった。車なら七、八分で行ける場所だ。

差出人の名は、都築航。

ツヅキワタルなのかツヅキコウなのかはわからなかったが、父の知り合いだろうか。

ドアが開いたエレベーターに乗って三階に上がり、自宅のドアを開ける。封筒を含めた郵便物をリビングのテーブルに置いたあとは、すっかりそのことを忘れてしまった。


「ただいま」

二十時を五分ほど過ぎたころ、予告通り父が帰ってきた。玄関までただよう香りを嗅《か》ぐと眼鏡の奥の目尻を下げる。

「焼き魚か。いい匂いだね」

「鯖の塩焼き、すだち添えでーす。できたばっかりだから、着替えたらすぐ来てね」

わかったよと微笑《ほほえ》んだ父は、靴を脱いで洗面所に向かった。手を洗ってから自分の部屋で着替えると、リビングに隣接している仏間に入る。母知弥子《ちやこ》の仏壇があるので、帰宅の挨拶《あいさつ》をするのが碧たちの日課だ。

父が遺影に手を合わせている間に、碧は食卓にお皿を並べていく。

メニューは魚焼きグリルで仕上げた鯖の塩焼きに、じっくり煮詰めた里芋の煮っころがし。あとは舞茸《まいたけ》とごぼうの炊《た》き込みご飯と、豆腐とワカメの味噌《みそ》汁だ。

こうやって父と自分のために食事をつくりはじめてから、はやいもので二年半が経過しようとしている。

はじめの数カ月間はたいした料理は出せず、買ってきたお総菜をメインにすることが多かった。しかし「ゆきうさぎ」でバイトをしながら、大樹に少しずつ料理を教えてもらったおかげで、我ながらだいぶ腕が上がったと思う。

母が生きていたころに抱いていた料理への苦手意識は、すっかり消え去った。誰かのために料理をつくることは、とても楽しい。何事も自分の気持ちひとつで変わるのだ。

もしこの瞬間、母がどこかで自分を見てくれているのだとしたら。成長したわねとよろこんでくれるだろうか。

「お父さーん、ご飯できたってば」

準備ができて声をかけても、父がやってくる気配はない。どうしたのかとリビングに目をやると、父はソファに腰かけて開封した手紙を読んでいた。テーブルの上に置いたまま忘れていたが、父のほうで気づいたのだ。

やがて便箋《びんせん》を封筒の中に戻した父は、少し考えるそぶりを見せてから立ち上がる。

「碧、ちょっと電話してくるから、ご飯は先に食べていなさい」

「ええ?」

そう言った父は手紙と携帯を手に、リビングから出て行ってしまった。面食らっていると、エプロンのポケットに入れていたスマホが通知音を奏でる。

(あっ、ミケさんだ)

メッセージによると、どうやら充電が切れたせいで画面が見られなかったらしい。面接はうまくいったという話を聞いてほっとする。何度かやりとりして返信を終えたが、父はまだ戻ってこない。

これ以上待っていても冷める一方なので、言われた通り先に食べていようか。

エプロンをはずし、食卓について箸《はし》を手にしたとき、ドアが開く。

「お父さん、電話終わった?」

「ああ。せっかくつくってくれたのに悪かったね。すぐに食べるよ」

碧の正面に座った父は、いただきますと言って鯖の塩焼きに手をつける。しばらくなごやかに食事をしていると、ふいに父が話題をふった。

「急な話なんだけど、今週の日曜、何か予定は入ってる?　どこかに出かけるとか」

「日曜？　夜はバイトだけど、それまでは空いてるよ」

そうかとうなずいた父は「実は」と言う。

「さっきの電話の相手、手紙を送ってきた都築《つづき》さんって人でね。十年前に知弥子が担当したクラスの教え子みたいなんだよ」

思いがけない言葉に、箸を持つ手が止まる。

公立中学の教諭だった母は、数年ごとに市内の学校に転任していた。十年前はどこの学校にいただろう。思い出していると、父はさらに続けた。

「都築さんはしばらく地元を離れていて、少し前に戻ってきたらしいんだけど、そのとき知弥子が亡くなったことを知ったようだね。できればうちの仏壇《ぶつだん》に手を合わせるか、お墓参りに行きたいって」

「もしかして、それが手紙の内容？」

「うん。そういうことなら霊園の場所を教えようかと思ったんだけど、知弥子の教え子なら当時の様子とか、ちょっと訊《き》いてみたくなってね……」

父はさびしげに微笑んだ。亡くなった人と新しい思い出をつくることはもうできないけれど、生きていたころの足跡はたどることができる。父は少しでも、過去の母について知りたいのだろう。その気持ちは痛いほどよくわかった。

「それで、日曜なら空いているって言うから、うちに呼ぼうかと思って」

「でも、初対面の人なんでしょ？　わざわざ手紙をくれたんだからイタズラじゃないとは思うけど、大丈夫かな。それにどうやってうちの住所知ったんだろ」

「だから電話をして、本人といろいろ話してみたんだよ。なんでも当時はうちのすぐ近くに住んでいたとか。ほら、裏の公園の横。いまはマンションになってるけど、昔は何軒か家が建っていただろう」

「え、あそこ!?　……ってことは」

「碧と同じ中学に通っていた、先輩になるね」

思い返せば、母はたしかにそのころ、あの中学に勤めていた。碧が入学する前には別の学校に転任していたので、時期が重なっていたわけではないのだけれど。

「十年前に中学生だったってことは、まだ若いよね」

「二十五だって言ってたよ」

「そっか。じゃあわたしとはちょっとずれてるんだ」

「電話はちゃんと通じたし、話をした限りでは真面目で落ち着いた感じの人だった」

父がそう言うのなら、特に問題はないのだろうか。手紙は見ていないけれど、そちらも信用できるようなしっかりした文面だったのかもしれない。

「手紙に写真が同封されていてね」

見せてもらった写真に写っていたのは、たしかに母だった。

おそらく卒業式なのだろう。背景は碧の記憶にもある職員室前の廊下で、母はライトグレーのスーツを身にまとい、穏やかに微笑んでいた。十年前だから四十歳のときの母。記憶にある姿よりも若く、少し痩《や》せている。

母の隣に立っていたのは、胸に赤い造花をつけた、学ラン姿の少年だった。

くせのない黒髪は適度な長さにそろえ、銀ぶちの眼鏡をかけている。母と違ってにこりともしていないので、少し冷たそうな印象があった。

(なんだか学級委員長っぽい感じ……)

制服はきっちりと着込んでいて、乱れはない。几帳面で真面目、そして理知的な眼鏡の効力なのか、とても頭脳明晰《めいせき》で優秀そうに見える。

「それで、碧はどうする？　知らない人だし、もし会いたくないなら自分の部屋に入ってるか出かけるでもして――」

「あ、わたしも一緒に会うよ。お母さんの話とか聞いてみたいし」

相手を疑っているわけではないが、父をひとりで会わせるのも少し心配だったので、碧は同席を申し出た。

以前、同じく母の教え子だった小倉七海《おぐらななみ》を家に上げ、仏間に通したことはある。

しかし彼女の場合は実際に会って人柄を知ってから招いたので、事情が違う。

母は大学を卒業してから亡くなるまでの二十五年間、教員として多くの生徒を受け持った。しかし、生徒たちとかかわるのはあくまで学校内に限られ、卒業すれば縁が切れてしまうのが普通だ。同窓会などで再会することはあるだろうが、彼らとどんな関係を築いていたのかは、家族である碧や父が知る機会はほとんどない。

だから七海のようなケースはめずらしい。今回も、母を慕ってお線香をあげたいと言ってくれる人だから、警戒はしたくないのだけれど。

——どうか父の印象通り、いい人でありますように。

優しく微笑む母の写真を見つめながら、そんなことを願った。


そして、約束の日曜日。

午前中に駅ビルの和菓子店「くろおや」で買っておいた抹茶《まっちゃ》カステラを取り分けていると、約束していた十四時になった。それからまもなくして、エントランスのほうのインターホンが鳴る。

父が応対している間に、碧は抹茶カステラを一切れ、菓子皿にのせた。

(栗蒸し羊羹《ようかん》と迷ったけど、甘いものが好きじゃないかもしれないし……。これなら甘さ控えめだから大丈夫かな？)

自宅にお客を招くことはめったにないので、こういうときは緊張する。このお菓子はお客をもてなすプロの大樹がすすめてくれたものだ。「くろおや」の息子である慎二《しんじ》も「あれは美味いっすよ」と言っていたので、きっと大丈夫だろう。

「どれどれ……」

碧は自分用にとっておいた一切れにフォークを入れ、味見をしてみた。

大樹と慎二のお墨《すみ》付きであるカステラは、ほのかな甘さの中に上品な渋みがあり、生地はきめ細かくしっとりしていた。ゆっくり嚙《か》みしめると、抹茶の豊かな香りが鼻を通り抜け、心を落ち着かせてくれる。

一口だけのつもりだったのに、気がつけば跡形もなく完食していた。

(無心になって食べちゃった……。抹茶カステラおそるべし)

空になったお皿とフォークをテーブルの上に置いたとき、ダイニングとつながっているリビングのドアが開いた。父のあとから入ってきた眼鏡の男性を見るなり、驚いて目を丸くする。

（あれ？　家のインターホン、いつ鳴ったっけ？）

どうやらカステラに夢中になるあまり、聞き逃したらしい。

あわてる碧と男性の目が合った。父が「娘の碧です」と紹介すると、彼はこちらに向けて礼儀正しく頭を下げる。

「都築です。お休みのところにお邪魔してしまって申しわけありません」

「あ、いえいえ。お気になさらず」

身長は百七十くらいだろうか。痩せ気味の父と同じような体型で、黒々としたまっすぐな髪には、きちんと櫛《くし》が入っている。涼しげな顔立ちに、スクエア型の細いフレーム眼鏡がよく似合っていた。

写真の姿から十年ぶん、歳《とし》をとってはいるが、その顔には昔の面影がくっきりと残っていた。知的な印象も写真と変わっていない。

碧の前に立った彼は、きちんとしたジャケットの内側から小さなケースをとり出した。中から引き抜いた名刺を一枚、「よろしければ」と差し出す。名刺を受け取ると、彼は父に案内されて仏間に向かった。

何気なく名刺を見た碧は、思わず声をあげる。

「え、予備校の先生？」

横型のシンプルなレイアウトで印字されていた肩書きには、隣の駅の近くにある有名な大学予備校の名前が記されていた。市内でもかなりレベルの高い予備校で、入校するだけでも相当の学力が必要だと言われているところだ。碧も大学受験のために高二のときから塾に通っていたが、ここはさすがに無理だった。

（こういうところって、講師もいい大学出てないとなれないよね……。やっぱりすごく頭のいい人なんだ）

写真を見たとき、優秀そうだと思ったのは間違いではなかったらしい。

（あ、名前はワタルって読むのね）

ローマ字表記がついていたので、ようやく彼の名前が判明する。

仏間からお線香の匂いがただよってきた。碧は名刺をダイニングテーブルの上に置き、お茶を淹《い》れるためにキッチンのコンロでお湯を沸かす。やがてふたりが出てくると、父は手にしていた包みを碧に渡した。

「これ、都築さんからいただいたんだよ」

（……ん？　これは）

長いしっぽの黒猫をあしらった包装紙は、まぎれもなく「くろおや」のものだ。そして

この包みの大きさと形からして――もしや。

「抹茶カステラです。店の人にすすめられて」

「やっぱり！　実はわたしもさっき、同じものを買ってきたんですよ」

思わず声をあげると、都築は軽く目を見開いた。眼鏡を押し上げ、そうですかと答えたものの、表情はほとんど変わらない。どこまでもクールだ。

あのおいしいカステラが増えたことに心をはずませながら、碧は淹れたてのお茶と準備していた菓子皿をのせたお盆をリビングに運んだ。

「知弥子先生は中三のときの担任で、進路の関係でとてもお世話になったんです」

ソファに浅く腰かけた都築は、母との思い出を静かな口調で語りはじめた。

まさか母を下の名前で呼ぶとは思わなかったので驚いたが、当時は同じ学年にもうひとり、田巻《たまき》という男性教諭がいたそうだ。そのためほとんどの生徒は、区別のために下の名前で呼んでいたとか。

「当時は家庭内が少しごたついていて、小五のころから中三の途中まで、祖母の家にあずけられていたんです。その家がこのマンションのすぐ近くで」

家族がいるのに、同じ家で暮らせなかった？

何があったのかは気になったが、初対面の人にそこまで踏みこんだことをたずねるわけにもいかない。碧たちは黙って彼の話に耳をかたむける。

「知弥子先生は担任ですから、こちらの事情は知っていました。だからいろいろと気にかけてくれたんです。自分はあまり友人が多いほうではなかったので、余計に心配だったのかもしれませんね」

中学三年生は、高校受験を控えた大事な時期だ。

進路指導の担当もいるとはいえ、やはり生徒にとっては、いつも顔を合わせている担任教諭のほうが話しやすいのかもしれない。母はクラスの生徒たちが持ちかけてくる相談に乗りながら、あまり積極的ではない都築にも平等に声をかけてくれたという。

「先生は人気がありましたよ。気さくで話しやすいし、優しかったので」

都築は昔を思い出すように目を細め、抹茶カステラに手を伸ばした。

一口食べた瞬間に、鉄壁の無表情がわずかに動く。

(気に入った……ような気配)

ほんの少しだけ口元をゆるめた彼は、碧と父の視線に気がつくと、はっとしたように表情を戻した。菓子皿から手を離すことはなく、話を続ける。

「ちょうどそのころ祖母が亡くなって、実家と親戚のどちらが自分を引き取るかで揉《も》めていたんです。普通は実家だろうとは思うでしょうけど、ちょっとそういった環境ではなかったと言いますか。でも結局は、両親のもとに帰ることになって」

話を聞いている限り、彼の家庭事情はかなり複雑なようだ。

両親がそろっているからといって、家の中が必ずしも安らげる場所になるとは限らない。そう考えると、両親と一緒に暮らすことがあたりまえで、なんの不安も感じなかった自分はとても恵まれているのだと思った。

都築は「でも」と眉を寄せる。

「自分は嫌でした。はやく実家を出たくて、高校に入ったらひとり暮らしをしたいと考えていたんです。両親も勝手にしろという感じでした」

「え……」

義務教育が終わるとはいえ、高校生はまだ子どもだ。就職して自立するわけでもないのにそんなことを言い出せば、普通の親なら心配して反対するはず。しかし彼の両親は違っていたのか……。

(中学生のころは、お父さんとお母さんがいない生活なんて考えもしなかった)

思春期だから反抗的だったし、拗《す》ねたり文句を言ったりしたことはたくさんあったけれど、両親がいなければよかったなんて思ったことは一度もない。だから都築の話を聞いていると、せつなくて悲しくなってくる。

「……妻にはそのことを話したのかな」

父が穏やかな声音《こわね》で問うと、都築は「はい」とうなずいた。

「叱られました。いくら親がいいと言っても、そんなことをしてはだめだと」

――どうしても実家を出たいなら、全寮制の高校に入りなさい。数は少ないけど東京に限定しなければ選択肢は増えるわ。それに都築くんの成績なら、学力ではじかれることはあまりないはず。

そう諭した母は都築のために、いろいろな学校について調べてくれたのだという。そしてこれはと思った学校を受験して、無事に合格したそうだ。

（お母さん……）

その話を聞いて、碧はあらためて母のことを尊敬する。やはり母は、いつでも生徒のことを真剣に考えていたのだ。

「それで高校を卒業したあとは大学も出て、予備校の先生になったんですね」

「本当は知弥子先生のような、学校勤務の教師になりたかったんですけど……」

彼は小さなため息をつく。

「高校の教員免許はとりました。でも自分は勉強を教えることはできても、知弥子先生みたいに生徒のプライベートな相談に乗ったりすることは苦手で。教育実習のときに思い知ったので、進路を変えて予備校に就職したんです」

「そうだったんですか……」

頭のよい彼は自分の適性を冷静に見極めて、能力を最大限に活かせる道を選んだのだろう。以前は市外にある別の予備校に勤めていたが、少し前にいまの職場に引き抜いてもらったらしい。それがきっかけで、またこちらに引っ越してきたとか。

「そのときに中学時代の同級生に会って、知弥子先生のことを知りました。まさかこんなにはやく亡くなるなんて思いもしなかったので、驚いて……」

「……」

「知弥子先生は恩師です。だからどうしてもお線香をあげたかった」

そっと目を伏せた都築は、少しの間を置いて顔を上げる。

「今日は十年ぶりに、知弥子先生にいろいろと報告することができました。急な頼みを聞き入れてくださってありがとうございます」

母が導いたかつての生徒は、碧たちに向けて深々と頭を下げた。


都築の来訪から六日後。碧はいつものように「ゆきうさぎ」でバイトに励んでいた。

土曜日なので、会社帰りのサラリーマンはいない。近所に住む常連は楽な格好でのんびりとグラスをかたむけて料理に舌鼓《したつづみ》を打ち、サービス業についている常連は「ただいまー」と言いながら暖簾《のれん》をくぐる。店内は今日も、あたたかな空気で満ちていた。

「おーい坊、お代わりくれや」

「かしこまりましたー。っていうか彰三《しょうぞう》じいちゃん、ペースはやくね？」

「これくらい普通だっての。おまえさんも来年、二十歳《はたち》になったらこのおれがじきじきに酒の味を教えてやるからな」

「お手柔らかにしてください。じいちゃんにつき合ったらぶっ倒れそう」

「初心者にそんな無茶はさせねえよ。安心しな」

にやりと笑ったのは、常連の中でも最年長の久保《くぼ》彰三だ。

御年八十一とは思えないほどよく飲みよく食べ、なおかつ健康的だ。歳をとってもその食欲はほとんど衰《おとろ》えてはいないという。

碧とともにバイトに入っている慎二は、「ほんとかなぁ」と胡乱《うろん》な顔になった。

「彰三さんはうちの常連さんと従業員、一度は一緒に飲んだことがあるんだよな」

大樹が笑った。かくいう彼と碧も、彰三に連れられて「ゆきうさぎ」ではない飲み屋に連れていってもらったことがある。生まれたときからこの町で暮らしている彰三は、町内に行きつけの店をいくつか持っているのだ。

碧が大樹と一緒に連れていってもらったのは、「ゆきうさぎ」がある商店街から少し離れた、駅の反対側。裏路地の奥でひっそりと営業している、赤提灯《ちょうちん》が吊《つ》り下げられた昔ながらの店だった。ひとりでは絶対に足を踏み入れることのない場所だ。

『嬢ちゃんはこういうところ、入ったことねえだろ』

『は、はい。さすがに』

『よし、今日は社会見学だ。嬢ちゃんみたいに若い子はめったに来ないから、こっちの常連にうらやましがられるだろうなー。まいったなー』

声をはずませながら、彰三が中に入る。ためらっていると、大樹に肩を叩かれた。

『そんなに構えることないって。俺も二回くらい入ったことあるけど、別に怖いところじゃないから』

たしかに彼の言う通り、店内は家庭的でなごやかな雰囲気だった。「ゆきうさぎ」よりも狭かったが、不思議と息苦しさは感じない。手づくりの料理はどれもおいしく、女将は碧の食べっぷりを気に入って、またいらっしゃいと言ってくれた。

「ほかの店の味を知ることで、参考になることもあるからな」

「はい。あそこの焼き鳥、ねぎまも鶏皮《とり》もつくねも最高だった……」

碧はうっとりとした目で、炭火で香ばしくあぶった焼き鳥の味を思い出す。

「嬢ちゃん、店にあるだけ食い尽くす勢いだったよな……。そういや大ちゃんは、このまえ行ったスナックのママにえらく気に入られてたなあ」

「ええっ」

はじめて聞く話に、碧は目を白黒させる。思わず隣に立つ大樹を見上げると、彼は苦笑しながら教えてくれた。

「二カ月くらい前の定休日に、蓮と一緒に連れていかれたんだよ」

「それもまた社会見学。あそこのママ、もう七十近いからな。客もおれみたいな枯れたじいさんばっかりだし、若い男が来てくれて嬉しかったんだろ。気が向いたらまたレンと一緒に遊びに行ってやりな」

彰三はグラスに残っていた泡盛《あわもり》をぐいっと飲み干し、お品書きに手を伸ばした。

「次は何がいいかねえ。焼き鳥の話してたら、鶏肉が食いたくなってきちまったよ」

「鶏つくねの塩麹《こうじ》鍋はどうですか?」

「おお、美味そうだな。体もあたたまるだろうし」

彰三が顔を上げたとき、戸が開いてあらたなお客が入ってきた。カウンターの外に出ていた慎二が「いらっしゃいませ」と応対する。碧は別のお客が頼んだ焼酎《しょうちゅう》をグラスに注いでいたので、声しか聞こえない。

「お待たせしましたー。焼酎のお湯割り、自家製梅干し入りです」

カウンターの端に座っていたお客にグラスを出した碧は、その隣に腰かけようとしていた新客を見て、「あれっ⁉」と声をあげる。

「都築さん！」

「え？」

動きを止めた男性は、先日に自宅をたずねてきた都築その人だった。彼も碧がここにいることに驚いたのか、眼鏡の奥の目をしばたたかせる。

「知弥子先生の娘さん……碧さんでしたか。どうしてここに？」

「わたし、このお店でバイトしてるんですよ。都築さんは？」

「実はこっちに住んでいたころ、祖母に一度だけ連れてきてもらったことがあって。思い出したらまた来てみたくなったんです」

椅子《いす》に座った都築は、なつかしそうに店内を見回す。

「ここで食べた料理がどれもおいしかったこと、いまでも憶えているんですよ」

彼がこの町で暮らしていたのは十代の前半だから、少なくとも十年はたっていることになる。「ゆきうさぎ」はいまも昔も変わらずこの場所にあるけれど、いつでもまったく同じ姿というわけでもない。

大樹が店を継ぐときに内装を新しくしたそうだし、常連の顔ぶれも少しずつ代わっている。そして働く人々も――

「タマ、知り合いか?」

背後から耳打ちしてきた大樹に、母の教え子であることを伝える。

「小倉さんと同じか。あの子も『ゆきうさぎ』に縁があるんだよな」

昨年の春ごろに知り合った七海は、あれからも大好きなメンチカツを食べるために、何度か店に来てくれている。夜はさすがに許してもらえないらしく、学校が休みの日やテスト明けのランチタイムに顔を出すことが多かった。

このまえは、高校のクラスで仲良くなったという友だちと一緒だった。クラスになかなかなじめないことに悩んでいたが、もう心配なさそうだ。

「いらっしゃいませ。こちら、お通しの鮭《さけ》の白味噌漬けです」

大樹が湯呑《ゆの》みに注いだほうじ茶と、お通しを盛りつけた皿を出す。カウンター越しに彼の顔を見上げた都築は、遠慮がちに「あの」と話しかけた。

「こちら、以前は高齢の女将さんがいらっしゃったはずでは」

「先代をご存じでしたか。俺の祖母なんですが、三年前に亡くなりまして」

わずかに目を見開いた都築は、心なしか肩を落とす。

「生きていらしたらもう一度、お会いしたかったのですが。知弥子先生もそうだし、会いたいと思っても会えないのは悲しいですね」

「ええ……」

「すみません、しんみりさせてしまって。ところで茶碗蒸《ちゃわんむ》しはありますか?」

「はい。少々お時間をいただきますが、よろしいですか?」

「かまいません。それだけというのもあれだし、あとは……」

お品書きに目を落とした彼は、日本酒とおつまみを二品頼んだ。

注文した料理は肉豆腐とイカの和《あ》え物。迷うことなく即決で、一品だけだと申しわけないから適当に選んだといった雰囲気だ。

(そんなに茶碗蒸しが好きなのかな?)

和食の定番である茶碗蒸しは、もちろん「ゆきうさぎ」でも必ず用意してある人気商品だ。下ごしらえは終わっていたので、大樹は器の中に具材を丁寧に積み重ねていった。卵液をつくり、具材の上から静かに注いでいく。

「タマ、これは蒸し器に」

「はーい」

蒸し上がるまでの間に、大樹と碧は次の料理に取りかかる。

肉豆腐はすでにできていて、軽くあたためるだけでいい。豆腐は、商店街で営業している老舗《しにせ》豆腐屋が丹精こめてつくりあげた逸品《いっぴん》を使っている。

その味には定評があり、市内の料亭でも贔屓《ひいき》にされているほどだ。長年のつき合いがあるおかげで、安く仕入れることができる。

店主自慢の木綿《もめん》豆腐に、薄切りにした牛肉の旨味《うまみ》と甘辛い煮汁を染みこませたこの料理は、肉ではなく豆腐が主役だ。大事な豆腐を崩さないよう、火を通す時間に気を配り、丁寧に仕上げた。

一方の大樹は細切りにしたイカに、辛子明太子《からしめんたいこ》とマヨネーズ、そして隠し味に少量の酒とレモン汁を加えて混ぜ合わせていく。黒い小鉢に盛りつけてから、彩り用にかいわれ大根を飾った。

「お待たせしました。お好みでこちらのレモンをしぼってお召し上がりください」

都築は出された料理を黙々と平らげていった。大きな反応はなかったが、箸は止まらず動いているので、口には合ったのだろう。

そして茶碗蒸しの器を彼の前に置いたとたん、その目がこれまでにない生気を帯びて輝いた。やはりかなりの好物だったようだ。

しかしほどなくして、都築は無表情のまま首をかしげた。

「どうかされました？」

「いえ……。この茶碗蒸し、前に自分が食べたものと何かが違う気がして」

まだ味わってもいないのに、なぜそんなことがわかるのだろう？

大樹にとっても思わぬ言葉だったようで、めずらしく面食らった顔になる。

「レシピ自体は先代が生きていたころから変わっていないはずですが……。特に手は加えてないですし、ノートが残っているのでその通りに」

「でしたらたぶん気のせいでしょう。変なことを言って申しわけない」

スプーンを手にした都築は、茶碗蒸しをすくって口に入れた。

味をたしかめるようにゆっくりと、二口、三口と食べていったが、その表情が晴れることはない。

「……すみません、この茶碗蒸しが悪いと言っているわけではないんです。とてもおいしいんですけど、自分が前にここで食べたものとは、見た目も味も少し違う」

――これはどういうことだろう？

大樹は先代女将から受け継がれた料理は、常連のお墨付きをもらうほど完璧に再現している。茶碗蒸しもそのひとつで、見た目や味が違うなど、これまでほとんど言われたことがなかったのに。

「眼鏡の兄《あん》ちゃんよ。ちょいとその茶碗蒸し、味見させてくれねえか」

　横で話を聞いていた彰三が口を挟む。都築の許可を得て、彰三は新しいスプーンで茶碗蒸しをすくい、試食をした。「ふーむ」とうなる。

「おれには昔とまったく同じに感じるけどなぁ……。兄ちゃんがその茶碗蒸しを食ったのは何年前なんだ？」

「十年前です。祖母は足が悪くて、そのころにはほとんど家から出られなくなっていましたね。でも亡くなる十日くらい前に、この店で食事がしたいと言い出したんです。なんでも祖父が生きていたころ、ときどき一緒に食べに行っていたらしくて」

「ん？　となると常連か？　名前はなんていうんだ」

「祖母は都築すみれです。祖父は清治《せいじ》といいます」

　彰三は記憶をたぐるように宙をあおいだが、思い出すことはできなかった。きっと頻繁《ひんぱん》に通っていたお客ではなかったのだろう。さすがの彰三も、すべての常連のことを憶えているわけではない。

「なにぶん十年前の話なので、自分の記憶もはっきりとしていなくて……。ただ、もう少しあっさりした味だった気がします。色はこれより白くて――そうだ、女将さんが『これは特別メニュー』と言っていました」

「特別……」

「思い出せるのはそれくらいです。でも気にしないでください。こちらの記憶違いということもありますから」

都築はそこで言葉を締めくくり、残っていた料理に手をつける。

その話はとりあえず終わったものの、それからしばらく、大樹は何かを考えこむような表情をしていた。


「いたたた……」

「大丈夫？　ちょっと冷たいからね」

透明なフィルムを剝《は》がした湿布を足首に貼ると、父は少しだけ眉を寄せた。

「たぶん捻挫《ねんざ》だと思うけど。休日診療の病院、調べてみる？」

「とりあえずは湿布で様子を見てみよう。それでも痛みが引かなかったら、明日にでも整形外科に行ってくるよ」

「これからは気をつけてね。頭とか打ってたら大変なことになってたよ？」

十一月二十三日、勤労感謝の日。碧はリビングのソファに座る父の足下で膝《ひざ》をつき、赤く腫《は》れた右足首の手当てをしていた。

なんでも向かいのコンビニに缶コーヒーを買いに行こうとして、マンションの階段を下りていたとき、うっかり足を踏みはずしてしまったのだという。とっさに手すりにつかまって転げ落ちることは回避したが、その拍子に足首をひねったようだ。

エレベーターを使わなかったのは、健康維持のためにできるだけ歩くことにしていたからだった。それが今回は裏目に出てしまったのだ。

「コーヒーならうちにあったのに。インスタントだけど」

「もう残ってなかったんだよ……」

「え、ほんと？　ごめんね、気づかなかった」

「いや。いつも飲んでるのはこっちだし、少なくなった時点で言えばよかったんだ」

ため息をついた父は、ふいに何かを思い出したように顔を上げた。

「もう十時を過ぎてるじゃないか。待ち合わせが」

「あっ」

壁の時計を見れば、時刻は十時五分。今日は母のお墓参りに行く予定で、ちょうどいいからといって父が都築も誘っていたのだ。十時に待ち合わせをしているのだが、いますぐ出ても遅刻は決定である。

「お父さんは無理だよ。その足じゃ」

「けど、こんなギリギリになってキャンセルするっていうのも」

相手は貴重な休日を、わざわざ空けてくれたのだ。少し考えた碧は、ソファの上に置いてあった自分のバッグをつかんで立ち上がる。

「わかった。今日はわたしが案内してくるから、お父さんは休んでて」

父を家に残して、碧はバッグを手にマンションを飛び出した。必死に自転車を漕《こ》いで駅に到着すると、地下の駐輪場に停める。人でごった返すその場所にようやくたどり着いたのは、約束の時間を二十分ほど過ぎたときだった。

待ち合わせは券売機付近。都築の姿を捜すと、ほどなくして本人を見つける。

身に着けているのは黒いタートルネックのセーターに、前を開けたグレーの膝上チェスターコート。壁に背をあずけた彼は、涼しい顔で読書をしていた。大多数の人ならスマホをいじるところなのに、なんと知的な時間の潰し方なのか。

(しかも洋書ペーパーバック!)

そんなものをさらりと読みながら待つ人なんて、はじめて見た。

視線を感じたのか、都築はふいに顔を上げた。

碧の姿に気がつくと、肩掛けにしていた黒い革のカバンの中に本を戻す。彼は寄りかかっていた壁から背中を離して、こちらに近づいてきた。

「お、おはようございます。遅れてごめんなさい！」

あわてて走ってきたせいで、なかなか呼吸がととのわない。乱れた髪を直しながら肩で息をしていると、都築は急に踵を返して人ごみの中に消えてしまった。

「……………え？」

もしや遅刻したことが許せず、怒って帰ってしまったのだろうか？

どうしようとうろたえたが、彼は三分もしないうちに戻ってきた。その手には、すぐそこのコンビニで買ったと思しき三五〇㎖入りのペットボトル。

どうぞと差し出され、碧は目を丸くしながら都築の顔を見上げた。

「え、でも」

「返されても困ります。紅茶は苦手なので」

そっけなく言った彼は、ペットボトルを強引に押しつけてきた。

突っ返すわけにもいかずにお礼を伝え、キャップを開けて口をつける。甘いホットミルクティーが、渇いていた喉《のど》を潤《うるお》すと同時に、冷えた体をあたためてくれた。

――表情が乏しいからわかりにくいけど、心根はきっと優しい人なのだろう。

碧の呼吸が落ち着いたのを見計らって、都築が話しかけてくる。

「ついさっき、玉木《たまき》さんから連絡がありましたよ。足首をひねってしまったそうですね」

「そうなんです。大事には至らなかったのが不幸中の幸いで」

都築は「たしかに」とうなずいた。表情はほとんど動かず声音も淡々としていたが、心配してくれているのはわかる。

「となると今日は延期でしょうか」

「いえ。よろしければわたしがご案内します」

「碧さんが？　自分は別に日をあらためてもかまいませんが……」

「誘ったのはうちの父ですから。せっかくここまで出てきてもらったんだし、無駄足にさせるわけにもいきませんよ」

都築は少し戸惑った様子を見せたものの、「わかりました。お願いします」と言ってくれた。話がまとまったので、碧は彼と一緒に改札を通る。

目的地の最寄りは、電車で西に三駅。そこから徒歩十分ほどの距離にある、広い公園墓地だ。途中の生花店で墓前に供えるための花を買い、碧たちは中に入った。祝日なのでお墓参りに来たと思しき人々の姿をあちこちで見かける。

「いいところですね。自然が多くて」

「春は道沿いに桜が咲くからきれいですよ」

そんなことをのんびり話しながら、奥へと向かう。

「――あ、ここです」

常緑樹に囲まれた公園の一角。そこに碧の母、玉木知弥子が眠っている。

都築は買ってきた花とお線香を供えると、その場で膝を折った。墓前に向けて両手を合わせ、真剣な表情で目を閉じる。

母亡きあと、ここまでしてくれた教え子は、いまのところ彼だけだ。

（お母さん、きっとよろこんでるだろうな）

碧は都築の隣に腰を下ろすと、同じく手を合わせてまぶたを閉じた。

母が亡くなったばかりのころは、お線香の匂いを嗅ぐだけで気分が悪くなった。自分にとってはつらい記憶を思い起こさせる香りだったからだ。でも最近は、以前よりも穏やかな気持ちで嗅ぐことができる。

大事な人を喪《うしな》った悲しみは生涯消えることはないけれど、流れゆく時間は少しずつ、自分の心を癒してくれているのだ。生きている限り、この先も同じような思いをすることは何度もあるかもしれない。死は誰の身にも等しくおとずれる。残された者はその悲しみを抱え、乗り越えながら生きているのだ。

やがて立ち上がった都築は、墓石を見つめながら言った。

「できれば今後も個人的なお墓参りに来たいのですが、かまわないでしょうか」

「もちろんですよ。母も嬉しいと思います」

ともに母の墓前に手を合わせたからなのか、都築の声音は少し前よりもいくぶんやわらかくなっていた。

公園を出て電車に乗ってからも、碧が投げかける質問に答えてくれる。

「予備校ではなんの教科を教えているんですか?」

「数学です」

「え? さっきペーパーバックの洋書を読んでたから、てっきり英語かと」

「あれはただの趣味ですよ。活字を読むのが好きなので。日本語でも英語でも」

それからも、大学時代の教育実習の話などを興味深く聞いている間に、電車が最寄りの駅に到着した。改札を出たとき、都築が「碧さん」と呼びかける。

「よければどこかでお昼でも食べていきませんか?」

「お昼、ですか……」

時刻はまもなく正午を迎えようとしていた。

食事と聞いて脳裏《のうり》に浮かんだのは、「ゆきうさぎ」の店内と、そこで生き生きと働く大樹の姿。彼のように気心の知れた人と食事をするのは楽しいけれど、知り合って間もない人とふたりだけというのは、抵抗があった。

（都築さんが悪いわけじゃないんだけど）

碧はためらいながらも口を開く。

「すみません。父の様子が気になるので、今日はここで……」

都築はほんの一瞬、間を置いてから「わかりました」と答えた。

「ではここでお開きにしましょう。今日はありがとうございました。玉木さんにもよろしくお伝えください」

会釈した彼は踵を返し、バス乗り場のほうへ進んでいった。その姿を見送った碧は大きな息を吐いてから、商店街に向かって歩きはじめる。とっさに父を盾にしてしまったが、気がかりではあったのでスマホを取り出し、電話をかけた。

「──あ、お父さん？　いま駅前なんだけど、痛みは引いた？」

『大丈夫、湿布がだいぶ効いたみたいだよ。昼ご飯はゆうべの残り物があるから、碧はどこかでカレーでも食べてゆっくりしてきなさい』

（……と言われても。『ゆきうさぎ』は今日、ランチやってないんだよね）

祝日は土日と同じ扱いなので、夜の営業しか行っていないのだ。家に帰ってわざわざつくるのも面倒だし、コンビニのお弁当でも買おうか。

空腹を抱えながら歩いていたとき、碧の視界に「ゆきうさぎ」が映った。店の前には頭に手ぬぐいを巻いたエプロン姿の大樹が立っていて、格子戸《こうし》の手入れをしている。その一生懸命な働きぶりは、いつ見ても好ましい。

「雪村さん」

ふり返った彼は碧と目が合うと、「これから出かけるのか?」と微笑んだ。

「逆です。いま帰ってきたんですよ。雪村さんはお掃除中なんですね」

「朝からやってて、だいたい終わった。そろそろ昼飯にするけどタマも食べるか?」

「いいんですか? うわぁ、嬉しい!」

戸を開けた大樹に続いて中に入ると、彼は手ぬぐいをはずしながら言う。

「さっき先代の部屋も掃除してたんだけどさ。押し入れの奥から見たことのないレシピノートが出てきたんだよ。確認してみたらその中に、このまえうちに来た都築さんが話してた茶碗蒸しっぽいレシピがあって」

「えっ! 都築さんが十年前に食べたっていう?」

「ああ。食材はあるし、つくろうと思えばいますぐできる。だからもしあの人の連絡先がわかるなら――」

「わかります! いま電話すればたぶん、すぐに来てくれると思いますよ!」

「は？　なんでタマがそんなこと……」

興奮した碧は「ちょっと待っててくださいね」と言って、都築と連絡をとる。そんな自分の姿を、大樹がどんな表情で見つめていたのかには気づかなかった。


「ほんとに来た……」

それから十五分もたたないうちにあらわれた都築を見て、大樹はあっけにとられたようにつぶやいた。碧が電話をしたとき、まだバスには乗っていなかったので、すぐに来ることができたのだ。

「ご、ごめんなさい。勝手に突っ走っちゃって。雪村さんの許可もなしに」

碧が首をすくめると、都築もまた「やっぱりご迷惑だったんじゃ」と眉を寄せた。我に返った大樹は、碧たちを安心させるように笑顔を見せる。

「迷惑だなんてことないですよ。ちょっと驚いただけで」

「ですけど営業時間外でしょう」

「気にしないでください。これから昼飯つくるつもりだったし、それならメニューを茶碗蒸しにすればいいことです。とりあえず座ってください」

　都築をカウンター席の椅子に座らせた大樹は、いったん母屋《おもや》に戻って着替えてきた。ずっと掃除をしていたので、汚れが気になったらしい。それからバンダナを頭に巻きつけ料理用のエプロンをつけてから、厨房《ちゆうぼう》に入る。

「あの、わたしもお手伝いしていいですか？」

「じゃあ下ごしらえを頼もうかな」

「おまかせあれ！」

　碧はバイトのときと同じように、従業員用の小部屋に飛びこんだ。準備を終えて手を洗うと、大樹の指示に従って調理をはじめる。

「あ、タマ。使うのは卵白だけだから」

　ボウルに卵を割り入れようとした碧に、大樹の注意が飛んでくる。

　生シイタケは石づきをとって湯がき、鶏肉には酒と塩をふってから、それぞれ細かく切っていく。よく溶きほぐした卵白には出汁《だし》と豆乳、そして少量の淡口醤油《うすくちしようゆ》を加えて混ぜ合わせた。こし器に通すことで、よりなめらかな食感をめざす。

　専用の器に具材を積み重ねて卵液を流しこみ、蒸気が上がった蒸し器に入れたら、あとは仕上がるのを待つだけだ。しばらくして蒸し上がり、蓋《ふた》を開けると、白い湯気とともにふわっと卵の匂いが広がった。最後に三つ葉を飾り、都築の前に置く。

「お待たせしました！」

「これは……」

目線を落とした彼は、できあがったばかりの茶碗蒸しをまじまじと見つめた。

「普通の茶碗蒸しより白い。……そうだ、あのときもこんな感じの色で」

「卵白と豆乳を使っているからですよ。実は卵黄がまったく入っていないんです」

大樹は先代女将の部屋で見つけたというノートを広げ、都築に渡した。

「それ、うちの先代の直筆なんですけど、新しい料理をつくったときはその都度そこに書き留めていて、簡単な日記も添えてあるんですよ。十年前の日付だから、たぶん都築さんのことじゃないですか？」

先代が残した当時の日記。そこには丁寧な文字でこう綴《つづ》られていた。

『今日はひとつ失敗したことがあり、卵を補充するのを忘れてしまった。

運の悪いことに、卵が切れたあとに来店された若いお客さんが、茶碗蒸しを召し上がりたいという。

今日はバイトの子もいないため、買い出しにも行けない。ただ、使わなかった卵白が少し残っていたので、これを活用してみることにした』

「卵白の茶碗蒸しは、女将さんのとっさの機転だったんですね」

「せっかくその料理を食べたいって言ってくれたのに、食材を買い忘れたからつくれないっていうのは、先代にとってはすごく悔しいことだったんだろうな」

碧と大樹の言葉を受けて、都築は「そういえば」とつぶやく。

「試作品だからお代はいらないと言われた気がします」

「日記を見るといろいろ研究して、半年くらいはお品書きに載せてたようですよ。でもいつの間にか、普通の茶碗蒸しに戻ったみたいで」

女将の手づくりだから、味が悪かったわけではないだろう。定番にそれだけ根強い人気があったということなのかもしれない。女将のノートの中には、そうやって静かに消えていった料理も数多く眠っているのだ。

「だから白い茶碗蒸しは『特別』だったのか」

しみじみと言った都築が、スプーンを手に取った。碧と大樹も、できたての茶碗蒸しをすくって口にいれる。舌ざわりはよく、喉越しもつるりとしていた。

「卵黄が入ってないからさっぱりした感じですね。でも出汁がきいてておいしい」

「ああ。変わり種としてもう一度、期間限定で出してもおもしろそうだ」

茶碗蒸しをじっくりと味わった都築は、やがて満足そうに微笑んだ。

「たしかにあのとき食べたものは、こんな味だったと思います」

「！」

「味見をした祖母がすごく気に入って、女将さんと盛り上がっていたんですよ。どんな話をしていたのかは忘れてしまいましたが、楽しそうだったな。それから十日後に亡くなったので、最後にいい思い出ができてよかったと思います」

「都築さん……」

スプーンを置いた彼は、大樹に向けて頭を下げる。

「十年前の茶碗蒸し、再現してくださってありがとうございました。無理を承知で言うなら、これからもたまには食べてみたいんですが……」

「でしたら、好きなときに『ゆきうさぎ』に来てください」

大樹はにこりと笑って言った。

「うちの常連さんはそれぞれ、お気に入りの隠しメニューを持ってますからね」

「とつぜん押しかけてしまってすみませんでした。今度は営業時間内にあらためて、うかがわせていただきます」

戸を開けて外に出た都築は、見送るためにあとに続いた大樹と碧をふり返る。

「――碧さんも次の機会にはぜひ、自分との食事につき合ってください」

「!?」

「雪村さんともども、これからよろしくお願いします」

あぜんとする碧を見た都築は、一瞬だけ不敵に笑ったような気がした。しかしそれ以上は何も言うことなく、こちらに背を向け去っていく。

「タマ……。食事がどうとかって言ってたけど、なんのことだよ」

「いえその……実は――」

またひとり、あらたに加わった「ゆきうさぎ」の常連。

これからどうなっていくのだろうと、碧と大樹は思わず顔を見合わせた。

終章　静かな月夜の店仕舞い

支度中

十一月三十日、十六時。

ランチタイムの営業を終え、昼食をとって休憩もすませた大樹《だいき》は、夜の開店に向けて準備を進めていた。仕込みは順調だったが、うっかり買い忘れた品があることに気づき、駅ビル内のスーパーまで足を伸ばすことになってしまう。

「ありがとうございましたー」

目的の品を手に入れた大樹は会計を終え、小さな袋を片手にエスカレーターに乗る。

商店街のよきライバルである〈ラビル〉ではすでに、クリスマスに向けた商品展開がはじまっていた。流れる音楽はクリスマスソングになっているし、飾りつけにも気合いが入っている。もちろん商店街も負けてはいない。

こういったものを見ていると、嫌でも年の瀬が近づいていることを実感する。

(そろそろバイト募集の張り紙をつくらないとな……)

少し前に契約社員の面接を受けた菜穂《なほ》は、めでたく来年から新しい勤務形態で働くことが決まった。それに伴い、彼女は年末で「ゆきうさぎ」を退職する。ランチタイムに入ってくれる人がいなくなってしまうので、新しく募集をするつもりだった。

土日は昼の営業がない。水曜は定休日だから、実質四日。

学生では無理だろう。主婦のパートか、もしくは菜穂のようにバイトで生計を立てている人。高い給料を出せないことは心苦しいが、よい縁があればいいと思う。

（タマも来年は忙しくなるだろうし）

春になれば、碧《あおい》は大学四年生となる。

教職をとっている彼女は教育実習もあるし、就職活動も行わなければならない。春以降はバイトよりもそちらを優先させなければ。慎二《しんじ》はまだ一年なので、夜なら臨機応変に入ってくれる。

自分が店の中で料理をつくり続けている間にも、周囲の人々にはさまざまな変化がおとずれる。それは大樹も例外ではなく、たとえ目に見えなくても、少しずつ変わっていることはたしかにあるのだ。

菜穂はあとひと月で店を去る。碧もいずれは――

「………」

これ以上はやめておこう。菜穂はともかく、碧に関してはまだ時間があるのだから。

エスカレーターを降り、出入り口に向かっていたとき、ふと一軒の店が視界に入る。

――あれは……。

そこは女性用の髪飾りを取り扱う小さな店だった。制服姿の女子高生が何人か、楽しそうに話をしながら商品を物色している。

自分にとっては縁がなく、普段ならなんとも思わず素通りするはずの店。

いつもは目にも留まらないのに、今日に限ってなぜか立ち止まる。三週間ほど前、碧と交わした会話を思い出したからなのかもしれない。

『ここ、普段はなんか飾りがついてるだろ』

『シュシュのことですか？　お昼ごろ、玲沙《れいさ》から縫い目が破れてるって言われてはずしたんです。お気に入りで何年も使ってたからなぁ』

そのあとに新しいものを買うと言っていたが、どうなったのだろう。いつも結び目を見ているわけではないのでわからなかった。

（でもまあ、新品は買ってるだろうな。三週間もたってるし）

そうは思ったが、女子高生たちがいなくなって無人になると、大樹の足は自然と店に向かっていた。

陳列されていたのはレースやビーズ、リボンといった派手な飾りがついたヘアゴムやピンが多かったが、碧がつけているような布製の髪留めも売っている。お気に入りだと言っていたのはどんなものだったただろう。

思い出そうとしたが、そこに注目したことがなかったので何も浮かばない。

（それに、タマの好みもわからない）

食の好き嫌いに関しては細かく把握《はあく》しているが、この手の趣味についてては自信がない。記憶を引っぱり出して考えてみると、赤やピンクよりは、青が好きなのではないかと思う。以前に見たことのある折りたたみ傘は、たしか水色だった。ビーズのような飾りはついているほうがいいのか。それともシンプルなほうが――

近くにあった髪留めを手に取って見つめていると、背後に忍び寄る気配がひとつ。

「いらっしゃいませ」

「！」

「プレゼントですか？　何かお困りでしたらご相談に乗りますよ」

「え、あ、いや」

笑顔の女性店員に声をかけられ、ふり返った大樹はうろたえた。

店の中で初対面のお客と話すときはなんでもないのに、いまは猛烈に恥ずかしい。自分にとって場違いなところだと自覚しているせいで、いつもの調子が出ないのだ。

「えーと………。これ、ください」

何も買わずに逃げ出すのも不審なので、手にしていた髪留めを勢いで買ってしまう。店員はそんな大樹の心情がわかっているのかいないのか、「ありがとうございます」と明るく笑った。

「ラッピングはどうされますか？」

はじめから贈り物用だと思われている。無理もないのだが。

「いえ……。そのままで」

一刻もはやくこの場から立ち去りたかったので、普通の袋に入れてもらった。

——何をやってるんだ、俺は。

大樹は買ったばかりの髪留めが入った袋をじっと見つめた。

これはさすがに、自分が持っていてもしかたがない。

使ってくれる人に譲るのがいいだろうが、なんと言って渡せばいいのか。高価なものではないけれど、理由もなく気軽に差し出すにはハードルが高い。

そういえば碧は以前、自分に新しいエプロンを買ってきてくれたことがある。その礼ということにしてはどうだろう。それなら碧も気兼ねすることなく受け取れるはず。

袋をブルゾンのポケットに押しこんだ大樹は、そそくさと店を離れた。

自分の店に戻ってくると、ほっと安堵《あんど》の息を吐く。心を落ち着かせてから仕込みの続きをしていると、十七時になり碧が出勤してきた。

「おはようございます！」

「……ああ、おはよう」

碧はいつものように身支度をととのえて厨房《ちゅうぼう》に入り、仕込みの手伝いをはじめる。大樹は彼女に気づかれないよう、そっと背後に回った。その髪は光沢のあるクリーム色の髪留めで、きちんとまとめられている。

気配を察したのか、ふり向いた碧はぎょっとしたように目を剝《む》いた。

「わっ！　ど、どうかしました？」

「いや。なんでもない」

不思議そうに首をかしげる碧に深くは語らず、大樹は仕込みの続きに戻った。

それから数時間が経過し、今日も無事に閉店を迎えた。大樹と碧は残り物で賄《まかな》いをつくると、向かい合わせになって座り、食事をする。

会話はなんてことのないことばかり。店にやってきたお客や、料理について。もしくは商店街の噂《うわさ》話や、碧の大学生活。普段ならしっかり耳をかたむけるのだが、今日はそわそわしてしまって話に身が入らない。

碧も違和感を覚えたのか、心配そうにこちらの顔をのぞきこんできた。

「雪村《ゆきむら》さん？　もしかして具合でも悪いんですか？」

「いや。だからなんでもない」

「でもさっきから、妙に落ち着きがないというか……」

例の袋は脱いだエプロンのポケットに入っている。しかしなかなかタイミングがつかめずに、時間だけが過ぎていった。

やがて片づけを終えた碧は上着をはおり、マフラーを巻いて外に出る。

「今日もお疲れさまでした。それじゃ！」

そう言って自転車にまたがった碧に、大樹は「タマ」と呼びかけた。顔を上げた彼女が乗る自転車のカゴの中に、しわくちゃになった袋をそっと入れる。

「雪村さん、これは……？」

「エプロンのお礼」

小首をかしげた碧は、やがて何かに思い当たったのか「ああ！」と声をあげる。

「夏ごろのですか？　あれはわたしが勝手に押しつけたので、お礼なんて……」

「いいから。中は帰ってから確認してくれ」

うなずいた碧はその場で袋を開けることはせず、自転車のペダルに足をかける。その姿が完全に見えなくなると、大樹は大きな息を吐き出した。

（やっと渡せた……）

自分でもあきれるほど、格好のつかない渡し方だった。これではまるで中学生だ。

どっと疲れが押し寄せてきたとき、ふいに足下で猫の鳴き声が聞こえた。

目線を落とすと、いつの間にやってきたのか、前脚《あし》をそろえて座った武蔵《むさし》がこちらを見上げている。苦笑した大樹は肩をすくめた。

「今日はやけに疲れた。柄でもないことはするものじゃないな」

武蔵は返事をすることはなく、しかしこちらの言葉の意味はわかっているかのような顔をしている。だから続けた。

「でも、悪い気はしないんだよ」

なんとなく空をあおぐと、雲ひとつない空には半月より少しふくらんだ月が浮かんでいる。口の端を上げた大樹は武蔵のエサを用意するため、戸を開けて中に入った。


もうすぐ習慣となったメッセージが届くはず。

そこにはなんと書かれているのか。自分がつくった料理を食べたときと同じ――とまではいかないだろうが、少しでもよろこんでくれたら嬉《うれ》しいと思う。

緊張しつつも楽しみに待つことができるのは、それだけ相手のことを好ましく思っているから。何かと世話を焼きたくなるのも、いつかやってくる別れをさびしく感じるのも、すべてはそこからきている。

そして先日、碧が都築《つづき》とふたりで出かけたと知ったときに抱いた感情の正体も。
それらのことに気がついたとき、大樹は以前から薄々感づいていた自分の気持ちを、はっきりと自覚した。

きっと自分は——碧のことが好きなのだと。

小料理屋「ゆきうさぎ」

特製レシピ

中華粥

ご家庭で作りやすいように炊飯器を使ったレシピをご紹介します。

材料（4人分）

米……………1合

ぬるま湯………800cc

手羽元…………4本

A［醤油………小さじ1

みりん………小さじ1

酒…………小さじ1］

鶏ガラスープの素‥‥小さじ2

しょうが……………1片

小葱……………2本

ゴマ油……………少々

①

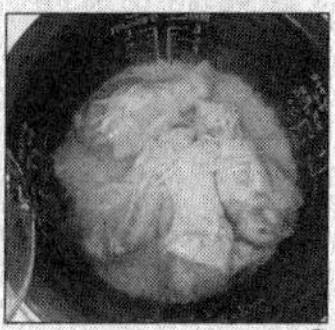

⑤

① 手羽元を流水で洗い、水気をふき、Aを合わせたものをもみ込む。

② 米を研ぎ、ざるにあげておく。

③ ぬるま湯に、鶏ガラスープの素を溶かしておく。

④ しょうがは千切り、小葱は小口切りにする。

⑤ 炊飯器に①②③としょうがを入れ、普通に炊飯する。

圧力鍋の場合は、中身が沸騰してから圧をかけて10分、火を止めて10分置く。

⑥ 炊き上がったら手羽元をほぐして骨を取る。

⑦ 器に盛り、ゴマ油をたらし、小葱を添えてできあがり。

ザーサイ、高菜など、塩気のあるものを薬味にするとよい。人気のパクチーやピータンを添えても。水分を吸うので、炊飯器の保温状態で放置しないこと。

小料理屋「ゆきうさぎ」
特製レシピ

鯛茶漬け

材料 (4人分)

鯛の刺身	1柵(120〜160g)
ごはん	茶碗4杯
白ゴマ	大さじ2
A 酒	大さじ1
A みりん	大さじ1.5
醤油	小さじ2
小葱	2本
いくら醤油漬け	40g
海苔、あられ、わさび	少々
煎茶	適宜

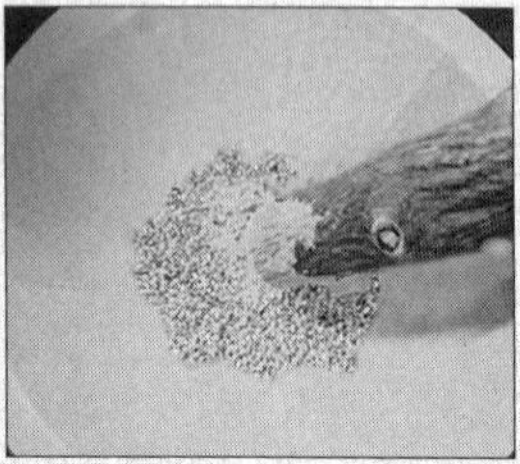

① 白ゴマを炒って粗くする。
② Aを合わせて電子レンジで15秒加熱する。

③ ①にAと醤油を合わせる。

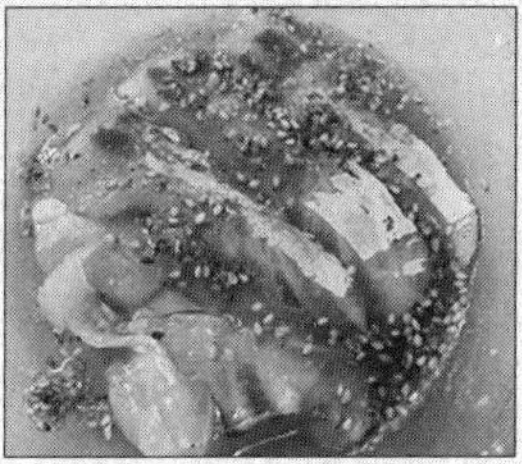

④ 鯛を薄くそぎ切りにし、
③に漬け、10分置く。

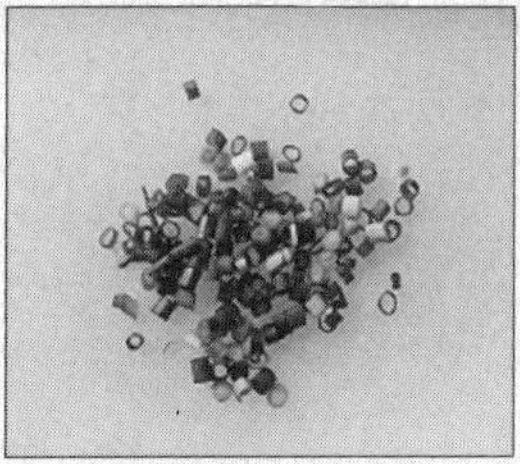

⑤ 海苔は細く切り、小葱は
小口切りに。いくらは少量の酒
（分量外）でほぐしておく。

⑥ 器に熱いごはんを盛り、
上に④を並べてのせる。

⑦ さらに⑤とあられ、わさびを
盛りつけ、煎茶をかける。

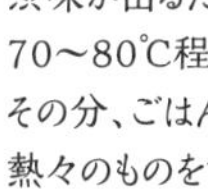

熱湯で煎茶を淹れると
渋味が出るため、
70〜80℃程度の湯で淹れる。
その分、ごはんを
熱々のものを使うとよい。
熱いお茶にしたい場合は、
ほうじ茶もおすすめ。

※この作品はフィクションです。実在の人物・団体・事件などにはいっさい関係ありません。

集英社オレンジ文庫をお買い上げいただき、ありがとうございます。
ご意見・ご感想をお待ちしております。

● あて先
〒101-8050 東京都千代田区一ツ橋2-5-10
集英社オレンジ文庫編集部 気付
小湊悠貴先生

ゆきうさぎのお品書き

親子のための鯛茶漬け

集英社
オレンジ文庫

2017年 7 月25日 第1刷発行
2019年 6 月19日 第5刷発行

著 者 小湊悠貴
発行者 北畠輝幸
発行所 株式会社集英社
〒101-8050東京都千代田区一ツ橋2-5-10
電話 【編集部】03-3230-6352
【読者係】03-3230-6080
【販売部】03-3230-6393（書店専用）
印刷所 凸版印刷株式会社

※定価はカバーに表示してあります

ISBN 978-4-08-680141-6 C0193